JN306118

セーラー服と機関銃3　疾走

赤川次郎

角川文庫
19550

セーラー服と機関銃3　疾走

目次

1　迷子

それは、もう大分前から「道」と呼べるものではなくなっていた。

ほとんど胸の高さまである笹の葉の茂みからは、いつ熊が顔を出して、

「やあ、どうも」

と挨拶《あいさつ》してもおかしくなかった。

――これって、道、間違えたんじゃない？

みんなそう思っていた。しかし、そう思っても口には出せないでいたのだ。

それというのも――。

「あと少しよ！　もうすぐパーッと視界が開けるからね！」

先頭を進んでいる、三年生の川崎良美《かわさきよしみ》が言った。誰もそれに応じて声は出さなかった。

もういい加減くたびれて、声を出す元気も残っていなかったのである。

戻るなら、少しでも早く戻らないと……。

そろそろ日は暮れかかっていた。こんな山の中で、道に迷ったまま夜になったらどうなるか……。でも、川崎良美は三年生で、しかつ部長だった。部長の言葉は絶対！

道が左右に分れたとき、みんなは、道幅の広い、明らかに人がよく通っている方へ行くべきだと思ったのだが、良美は、

「いえ！　方向的にはこっちよ！　間違いない！」

と、もう一つの道を指さしたのだった。

かくて、一歩すすむごとに足下が狭くなり、行手が見えなくなるという状況に陥っていたのだ。

いくら行っても「視界がパーッと」は開けなかった。そして、明らかに周囲は薄暗くなりつつあった。

突然、川崎良美は足を止めた。すぐ後ろを歩いていた二年生が危うく追突しそうになった。

「うーん……」

と、良美は唸《うな》っていたが、「どうも、道、間違えたみたいね」

今さらそんなこと……。誰もが心の中ではグチっていた。

「私の勘も外れることがあるんだ！　ハハハ！」

と、良美は笑うと、「じゃ、戻ろう」

「でも……部長」

と、副部長の二年生、山中杏《やまなかあん》が言った。「どうやって戻るんですか？」

「そりゃ、来た道を――」

と言いかけて振り向いた良美は、木立の中にただ一面の笹の葉の海が広がっているのを見て、「――無理かもね」

「じき、暗くなりますよ。どこか、人の住んでる所に……」

「そうだね」

と、良美は肯《うなず》いて、「じゃ、案内して」

「――え？」

と、山中杏は唖《あ》然《ぜん》として、「私が案内するんですか？」

「そりゃそうよ。あんたが『人の住んでる所』へ行こうって言い出したんだから」

良美の言っているのが無茶だということは他の面々――といっても四人しかいない――にもよく分っていた。しかし、そこは「部長の言うことは絶対！」という掟《おきて》があって、

「ねえ、そうだよね？」

と、良美に同意を求められると、

「はい……」

と答えるしかなかったのである。

ただ、一人だけ返事をしていない二年生がいた。

山中杏は焦って、

「でも、部長、私もこんな所、初めてですし……」

「だけどさ、私は道間違えたわけ。そうでしょ？」

「はあ……」

「ということは、私にはもう道を選ぶ権利はないわけよ。だから、次は副部長のあんた。筋が通ってるでしょ？」

言い逃れもここまで来ると開き直りのレベルだ。杏は後ろに続く三人を振り返って、

「あの……何か意見は？」

と、心細い声を出した。

そのとき、さっき「はい」と答えなかった二年生が、おずおずと手を挙げたのである。

「意見ある？　言って！　ね、何でもいいから」

杏はわらにもすがる思いで言った。

「あの……」

と、その二年生は言った。「誰もこの辺の地理に詳しくないんですから。ともかく今は暗くなる前にどこかに着かないと。戻っていたら、途中で暗くなるのは確かですから、後はこのまま進むしか道はないと思います」

少し間があって、

「うん」

と、良美が肯いた。「星《ほし》の言ってることは理屈にかなってる。じゃ、できるだけ急ごう」

ともかく、じっとしていたら、どんどん暗くなるばかりだ。——一行は、さらに「道

なき道」を進み始めた。

「叶《かなえ》、ありがと」

と、杏が小声で言った。

「ああ言うしかないし……」

と、二年生の星叶は言った。「でも、本当にどこかに着けるかなあ……」

――私立・華見岳《はなみだけ》女子高校の〈演劇愛好会〉の五人は、正に「ドラマチック」な行進を続けていた。

元はといえば、いつも夏休みの合宿で使っている保養所を、部長の川崎良美が予約し忘れたことだった。合宿に発《た》つ三日前にそれが分った。

良美は「ハハハ」と笑って、

「私もトシだね！　もの忘れがひどくってさ！」

そう言われると、

「部長、そんなことありませんよ」

と、部員たちは言うしかない。

そして、副部長の山中杏が必死になって、代りの宿を探した。――何とか見付けたのは、「元民宿」で、今は廃業している所だったが、頼み込んで泊めてもらうことになった……。

その合宿の帰り道、

「列車まで時間がある」

というので、良美が、「駅までハイキング！」

かくて——道に迷った一行は、「ハイキング」どころではなくなってしまったのである。

「杏」

と、考えながら、星叶が言った。

「うん」

「まずくない？」

「うん、まずい」

小声の会話は、すでに林の中は暗くなり始めて、前を行く者の姿も見失いそうだったからだ。

「ああ、くたびれた！」

先頭を行く良美が大きな声で、「少し休もう」

「でも部長、もう暗くなりますよ」

と、杏は言った。「ここじゃ、座る所もありません」

「でも、足が痛くって。おぶってってくれる？」

杏が言葉を失う。——すると、

「ね、杏」

と、叶が言った。「見て！」

叶は少し先へ行っていたのだが、杏が駆けつけると、黙って前方を指さした。

説明するまでもない。そこには人家の明りが見えていたのだ。

山小屋と呼ぶのもためらわれるような、あばら家だった。

しかし、ともかく明りが点いていて、ブリキの煙突からは白い煙が上っている。人が住んでいることは確かだった。

「電気が来てんだ」

と、良美が言った。

「発電機です」

と、叶が、家の外に置かれたエンジンがブルブルと音をたてて回っているのを指さした。

「ともかく、泊めてもらうように頼もう」

と、叶は杏に言った。「本当に暗くなって来た」

山間《やまあい》の夜は急にやって来る。一行は暗がりに包まれつつあった。

「杏、声かけて」

「でも……魔女とか住んでたら？」

「熊よりいいでしょ」

話している声が聞こえたらしい。

「――誰？」

と、中から聞こえたのが女性の声だったので、とりあえず叶たちはホッとした。

「すみません」

と、叶が言った。「東京の高校生なんですけど、道に迷ってしまって。今夜一晩、泊めていただけませんか」

少しして、ガタガタと音をたてて戸が開いた。

魔女ではなかったが、古びたどてらを着込んだ、ボサボサの髪の女性が、叶たちを見て、

「まあ、どうしてこんな所に……」

と呟《つぶや》くように言った。「お入りなさい。すぐ寒くなるわよ、山の中は」

確かに、夏休みなのに、肌寒いほどの涼しさだった。

小屋は、もちろん広くはないが、一応奥の寝室と二部屋に分れていた。

「――助かりました。すみません」

と、叶は礼を言った。

「何もないけどね……。トイレはそっち。お風呂《ふろ》はないわ。お湯を沸かして行水するだけなの」

と、その女性は言った。

「寝られさえすれば……。山の中で野宿かと思ってました」

「危ないわよ、色んな動物がいるし。——五人寝るのは大変ね」

「どこでも大丈夫です」

「毛布やタオルの余分があるから、何とかしましょ」

老けて見えるが、微笑むと意外に若々しい。叶は何となくホッとした。

「お腹空《す》いてる？　ラーメンの買いおきならあるけど、煮てあげようか」

「お願いします！」

ほぼ全員が声を揃えた。


叶は目を覚ました。

一瞬、自分がどこで寝ているのか、戸惑ったが、すぐに思い出した。

ほとんど体をくっつけるようにして、杏が寝ている。軽くいびきをかいて、熟睡しているようだ。

暗い部屋の中、小さなローソクの灯が揺れていた。

何しろ、五人もの女の子が泊っているのだ。奥の寝室では、小さなベッドに部長の良美ともう一人が身を寄せ合って眠り、床に敷いた毛布では一人が寝ていた。

叶と杏は手前の部屋の方で、床に敷いたタオルケットに寝ている。もちろん、寝心地は悪いが、ともかくこの小屋を見付けた安心感と、ほとんど具のない熱いラーメンを食べさせてもらって、みんなぐっすり寝入っているようだ。

ただ——叶は妙に頭が冴《さ》えて、浅い眠りから目を覚ましたのだった。

ああ……。

起き上って、首を左右へかしげる。——朝になったら、あの人が「山を下りる近道」を教えてくれることになっていた。

「あ……」

部屋の中を見回して、叶はあの人の姿が見えないことに気付いた。

「私は適当に寝るから大丈夫よ」

と言ってくれたので、みんなそれきり気にしないで寝てしまったのだが……。

叶は、そろそろと立ち上った。杏は少し身動きしたが、それだけでまたいびきをかき始めた。

歩くと、床がミシミシ鳴る。精一杯、そっと歩いて、出入口の戸を開けてみた。

月明りが小屋の前を照らしている。そこにあの人の後ろ姿があった。

「目が覚めた？」

と振り向いて、「私は大丈夫よ。いくらでも昼間寝られるから」

「でも……すみません。私たちが追い出しちゃったみたいで」

叶は表に出ると、空気の冷たさにびっくりした。

「風邪ひかない？」

「大丈夫です。私、結構丈夫なんで」

と、叶は言った。「あの……」

「ん？」

「どうしてこんな所に一人で……」

と言いかけて、「私が口出すことじゃないですね。ごめんなさい」

「――みんな、眠ってる？」

「ええ。ホッとしたんだと思います」

少し間があって、

「あなたたち――華見岳女子高って言ったっけ」

「ええ。もう校舎はボロで……。歴史がある、っていばってますけど」

「あなたは今――二年生？」

「はい」

「十……六？」

「十七になりました」

「星さんっていったっけ」

「はい。星叶です」

「そうなのね」

と肯《うなず》いて、「――こんなこともあるんだわね」

「何のことですか？」

と、叶は訊《き》いた。

その人は、真直ぐ叶に向い合うと言った。

「私は星泉《いずみ》。——あなたのお母さん」

2　休日

列車が東京駅のホームに入ると、迎えに来ていた親たちが列車の停る前から手を振って、一緒に歩いて来た。

「さ、降りよう」

と、川崎良美が伸びをして、「ともかく無事に帰れたね！」

さすがにこのときは、他の誰も、

「無事に帰れたのは部長のおかげです」

とは言わず、ただ苦笑いしていた。

「――お帰り！」

「心配したわよ！　どこも具合悪くない？」

「お腹空いてる？　何か食べましょうか」

それぞれの親が、我が子を抱きしめんばかりにして、口々に言った。

中でも、

「あんたにもしものことがあったら……」

と、ワアワア泣いているのは、部長の良美の母親で、さすがに良美も、

「ちょっと、ママ！――やめてよ！」

と、母親の手を引張って、「じゃ、みんな、お疲れ！」

あわてて姿を消してしまった。

「――大騒ぎだったのよ」

と、比較的冷静だったのは山中杏の母親で、「今度から、合宿は都内のホテルでやりなさい」

「それじゃ合宿になんないよ」

と、杏は笑って、「ともかく大丈夫だったんだから」

「ゆうべはどうしたの？」

「うん……。野宿した」

「まあ！　蚊に刺されなかった？」

「大丈夫だってば。――叶、それじゃ」

「うん」

星叶はバッグを肩にかけ直して、「また電話する」

「うん！」

それぞれが、母親や父親に連れられてホームからいなくなる。

一人、星叶が残った。

叶には迎えに来てくれる人がいない。

「もう八時か」

と、ホームの時計を見て、「何か食べて帰ろう」

階段の方へ歩き出すと、不意にバッグが肩から外れて、

「持つよ」

いつの間にか、ワイシャツの腕をまくった若者が並んで歩いていた。

「来てたんだ」

叶はバッグを渡して、「どこに隠れてたの？」

「そこの売店。出迎えが大勢いるからさ、出て行きにくくて」

「照れ屋さんね」

と、叶は笑った。「お腹ペコペコ！　何か食べて帰りましょ」

「育ち盛りだな」

「十七を育ち盛りって言う？」

――叶より頭一つ背の高いこの若者は丸山知浩《まるやまともひろ》というN大生である。

叶とは別に恋人というわけではなく、演劇のイベントの手伝いで知り合ってから、お芝居の話などをするようになった。

――二人は、駅の中の、食券で食べるそば屋へ入り、叶は丼《どんぶり》物を選んだ。

「晩飯は家で食べないと」

という丸山は、ざるそばにして、「——どうしたんだ、昨日は」

「迷子になったの。それだけよ」

「山の中で？　よく帰れたな」

「別に登山してたわけじゃないもの」

叶は親子丼を凄《すご》い勢いで食べ始めた。

「野宿したって？」

「まあね。一晩だもの、眠らなくても」

「女の子ばっかり五人だろ？　物騒だな」

「助けに来てくれた？」

「連絡さえつけば、もちろん飛んで行ったさ」

叶はちょっと笑って、食事を続けた。

今朝、あの人は五人を谷間の細い道へ案内して、

「ここを真直ぐ下れば、国道に出るわ」

と言った。「急だから、転ばないようにね」

「ありがとうございました」

と、口々に礼を言うと、

「一つお願いがあるの」

と、あの人は言った。「私、ちょっとわけがあって、あんな所に暮してるの。あなた

たちに、私のことを絶対人に話さないって約束してほしいんだけど」

　もちろん、みんな異議はなく、

「誓います！」

　と、声を揃えたのだ……。

　山道を下るとき、叶はみんなの最後について、振り返った。

　母、星泉は微笑んで、小さく手を振っていた……。

「――あ、もう食べちゃった」

　と、叶は空になった器を見て、自分でびっくりした。

「食い足りないんじゃないか？」

　と、丸山が呆《あき》れたように言った。

「帰れば冷凍食品ぐらいある」

　叶はお茶を飲んで、「――少し疲れたわ」

　と言った。

　丸山が笑ったので、

「何よ。私が疲れちゃおかしい？」

　と、にらむ。

「そうじゃないよ。でも珍しいと思ってさ、お前が疲れたって」

「私だって疲れるわよ」

叶は欠伸《あくび》をした。「帰ったら、今夜はすぐ眠っちゃうかな」

「だけど、お前の親父さん、変ってるな」

「え？」

「大変だったのに、迎えにも来なくて。お前も電話の一本ぐらい入れとけば？」

「だって……ちゃんと、電波の入る所まで下りたときに連絡したし、それに今は出張で地方だし」

「いつも出張だな」

「だって、そういう仕事なんだもの」

と、叶は言った。「帰ったら、ちゃんと着いたことも報告するわ」

――そう。それに今、叶には考えなければならないことが山ほどあった。

言ってはいけないこと。

「お母さんと会ったの！」

というセリフを、声を大にして叫びたい。

でも、それは母を裏切ることになるだろうと思えば、できないことだ。

「――行こうか」

と、叶は言った。

「もう大丈夫だよ」

と、叶は言った。

大分遅くなって、住宅地のせいで、道はずいぶん暗くなっている。

バスを降りて、叶の住むマンションまで、丸山は送って来た。――というより、「ついて来ないでちょうだい」とも言えず、丸山の方は勝手について来たのである。

「わざわざありがとう」

と、叶が足を止める。

「うん……」

丸山は、持っていた叶のバッグを渡すと、

「な、お前……」

と、口ごもった。

「何？」

「俺、心配してたんだぞ、本当に。連絡取れないって聞いて」

いやに真剣な口調である。

「どうして分ったの？」

「それは……山中の家に電話して」

「え？」

叶はびっくりした。「杏の所に？」

「ケータイつながらないからさ。電話してみたんだ」

「でも――丸山君、杏のこと知ってたっけ」

「演劇祭のとき、一緒だったろ」

「そうだけど……」

「ともかく、心配してたんだ」

「――分った。ありがとう、心配してくれて」

「無茶するなよ」

その言葉がちょっと唐突で、

「何の話？」

「いや……。お前って、何となく、とんでもないことしそうなところ、あるからさ」

「私が？」

「そんな気がするんだ」

叶はちょっと笑って、

「やめてよ。私が臆病《おくびょう》なの、知ってるでしょ」

「お前は臆病なんかじゃない」

と言って、丸山は、「行くよ」

「うん。――またね」

丸山が、叶に背を向けて、足早に歩き出した。――と思ったら、数メートル行って立ち止り、クルッと向き直って、タッタッと大股《おおまた》に叶に歩み寄ると、いきなり叶を抱き寄せて唇を重ねたのである。

叶が仰天して、ものも言えずにいると、丸山は、パッと離れて、そのまま勢いよく駆けて行ってしまった……。

「――何よ！」

叶は呆然《ぼうぜん》としていたが、「そっちの方が、よっぽど無茶じゃない！」


「あ、もしもし。――私、良美よ」

と、川崎良美は、自分の部屋のベッドに寝転って、ケータイで話していた。

「うん、そうなの。――え？――迷子になっちゃってさ。道が分るって子がいて、その子についてったら、森の中で道に迷ったの」

と、適当に創作して、「あのね、ちょっと面白いことがあったんだ」

良美は、少し声をひそめて、

「野宿したってことになってるんだけど、本当はそうじゃないの。――え？――うん、それがね」

少し間を置いて、「あのさ、これ絶対秘密だよ。誰にも言わないでね」

良美は体を横向きにすると、

「迷子になって、森の中歩いてたらさ、なんだか、凄いボロい小屋があってね……」

表札には〈星秀巳《ひでみ》〉とあった。

叶は鍵《かぎ》を開けて、中へ入った。

ムッとする熱気と湿気。——何日か留守にしていたら仕方ない。

叶は上って、明りを点《つ》けると、エアコンと除湿機のスイッチを入れた。快適な状態になるまでにはしばらくかかるだろう。

カーテンを閉め、寝室に入る。

シングルとしては少し幅のあるベッドが一つ。

「ああ……」

叶は伸びをした。「——びっくりして、目が覚めちゃったよ」

と、ブツブツ文句を言いながら、ともかくまずシャワーを浴びよう、と思った。

——星叶は、このマンションで一人暮しである。表札は架空の男名前〈秀巳〉としてあった。

高校生の女の子が一人で住んでいると思われたくないせいもあった。でも——一人暮しも、もう慣れた。

居間に入ると、TVを点けた。

ちょうどニュースの時間で、首相の顔がTV一杯に映っていた。

「有賀《ありが》首相は今回、アメリカのモース国防長官と会談し……」

叶は急いでTVのリモコンを手に取ると、チャンネルを変えた。何かドキュメンタリーらしいものをやっている。ライオンが草原で寝そべっていた。

「ライオンの顔の方がいいや」

と呟《つぶや》く。

叶はどうにも今の有賀首相が好きになれない。人気はあるのだが、どこか信用できない人間という気がする。

愛想を振りまきながら、自分に批判的なマスコミには圧力をかける。——世間も、それに慣れてしまっているのだ。

「私は関係ないけど……」

と、肩をすくめて、叶は欠伸《あくび》した。

——このマンションで暮し始めてもう二年以上たつ。

叶は、物心ついたころには母、星泉の遠縁という家に預けられていた。一応、不自由なく暮していたのだが、母のことを訊《き》いても、「もう忘れなさい」と言われるだけで、何も教えてもらえなかった。成長するにつれて、母がヤクザの組長だったとか、ちょっとしたことで知るようになった。

自分を育ててくれているのは、どこからか毎月お金が送られているからだということも知った。

中学生になって、叶は「一人で暮したい」と、言ってみた。

すると——呆気《あっけ》ないほどすぐに認めてくれたのである。

どうやら、母とのつながりがあると、何か迷惑することがありそうだったのだ。

そして、このマンションに「架空の父」と二人で越して来た。

毎月、生活に充分なお金が、どこからか振り込まれて来ているのである。

しかし、母がどこでどうしているのか、叶は知らなかった。

あの山の中で出会うまでは……。

ケータイが鳴った。——山中杏からだ。

「もしもし」

「叶、もうお家《うち》？」

と、杏は訊《き》いた。

「ついさっき。途中でご飯食べてた」

「あ、そうか。——明日さ、何か予定ある？」

「別にないけど……。少しのんびり眠りたい」

「そうだよね。でも——夜なら？」

「何かあるの？」

「従兄《いとこ》から、映画の試写会の案内状、もらったの。〈赤と黒のプロムナード〉って」

「ああ……。TVでCMやってるね。どこで？」

「銀座《ぎんざ》のMで夜の七時から」

「だったら行ってもいいかな。二人入れるの？」

「うん。ご招待、二人になってる。プレミアだから、楽しいかも」

「へえ。じゃ、行くよ」

待ち合わせの時間と場所を決めて、「ね、杏……」

「何？」

丸山が杏を知っていたことに、叶は何だか引っかかっていた。でも、丸山は別に恋人というわけでもない。もし杏と丸山が付合っているとしても、叶のとやかく言うことじゃない……。

「叶――」

「何でもない」

と、急いで言った。「大変だったね」

「そうね」

「じゃ、明日」

叶は通話を切ると、ウーンと伸びをして、

「ちゃんとお風呂《ふろ》に入ろう！」

暑いときでも、しっかり熱いお風呂に入って汗をかく。それが叶の好みだった。

バスルームに行って、叶はバスタブにお湯を入れた。

「あーあ……」

でも、丸山のあの突然のキスは何だったんだろう？

寝室で着替えながら、叶はあえて一番大切なことを考えないようにした。

もちろん、母――星泉のこと。

「今さら、何よ」

と、叶は呟《つぶや》いた。


「何ごとかね」

と、その男がやって来ると、丸山知浩は「あれ」と思った。

いつもは黒い髪がふさふさしているのに、今日は髪が半分も白くなっている。

「すみません」

と、丸山は言った。

「どうせ、家へ帰るだけだ」

男はきちんと上下のスーツを着ていたが、ネクタイを外しているので、少し印象が変る。

「叶を迎えに行きました」

と、丸山は言った。

「うん。一晩野宿したとか聞いたが」

「そう言ってました」

「――それで？」

丸山は、しばらくためらっていた。

ホテルのバーに、丸山はいかにも似合わなかった。

コーラを飲んでいた丸山は、ほとんど氷の溶けた水を一口飲んで、

「もう……辞めたいんです」

と言った。

男は、何も注文しなくてもウエイターがウイスキーのグラスを持って来て、一口飲むと、

「何かあったのか」

と訊いた。「星叶に怪しまれたとか？　そうなのか」

「そんなことはありません」

「じゃ、何だ？　報酬が不足か？　値上げしてほしければ――」

「違います。彼女をこれ以上騙《だま》していたくないんです」

と、一息で言った。

「なるほど」

「叶は本当にいい子です。真面目だし、誠実です。嘘をついたり、隠しごとをしたりするような子じゃありません」

男は冷ややかな目で丸山を眺めている。

「――叶は僕を信じてくれてます。それが辛《つら》くて……」

と、丸山が言うと、

「惚《ほ》れたか」

「え？」

「星叶に惚れたのか」

「そういうわけじゃ……」

と言いながら真赤になってしまう。

男はちょっと笑って、

「まあ、君も若い。ああいう娘に惚れても無理はない」

「そんなこと――」

「しかしな」

と、男は遮って、「あの娘には、何もないわけがない。何といっても、あの星泉の娘なんだ」

「でも、彼女は彼女です。もう母親のことは憶《おぼ》えてないでしょう」

「どうかな」

と、男はゆっくりグラスを空けると、「人はそう簡単に変らない。親と子もそうだ。星叶が星泉の娘だということは、変らない」

丸山は黙っていた。

しばらくして、男はちょっと肩をすくめると、

「まあ、一旦《いったん》そういう気持になってしまったら、元には戻れないだろうな」

と言った。「分った。こっちで別の誰かを探そう」

丸山はホッと息をついて、

「ありがとうございます」

と、頭を下げた。

「しかし、バイト代がなくなると困るんじゃないのか？」

「それは……何とかします」

「何なら、いいバイトを紹介しよう。大学の勉強の邪魔にならないようなバイトを」

「そうしていただけると……。ありがとうございます」

と、丸山はやっと口元に笑みを浮かべた。


「このレモンケーキ、いける！」

と、叶は一口食べて声を上げた。

「でしょ？」

得意げに言ったのは山中杏である。

二人は映画のプレミア試写がある映画館に近いカフェで、お茶とケーキを味わっていた。

夕方、六時過ぎ。夏の日は長く、まだ外は明るかった。

「──まだ早いね」

と、杏はケータイで時刻を見ると、「でもいい席に座ろうと思ったら、少し早めに」

「十分ぐらいしたら出る？」

「うん。──メールが来てる。ちょっとかけてくるね」

杏はケータイを手に、カフェの表に出て行った。

叶は欠伸《あくび》をした。──午後四時過ぎまで眠ってしまったのだが、それでもまだ眠い。

「あ……」

叶のケータイが鳴っていた。取り出してみると、丸山からだ。

二人とも席を立ってしまうのもためらわれて、叶は、

「もしもし」

と、小声で言った。「丸山君？」

少し間があって、

「そちらは、このケータイを持っている方のお知り合いですか？」

と、知らない男性の声。

「はい。──丸山君の友人ですが」

丸山君、ケータイを落としたんだわ、と思った。拾った人が、着信記録を見てかけて来たのだろう。

「あの……ケータイ、拾って下さったんですか？」

と訊《き》くと、

「S署の者ですが」

「え？――警察ですか？」

「このケータイの持主だと思われますが、車にはねられまして」

「え……」

「現場にこれが落ちていたんです」

「あの……けがはひどいんでしょうか？　病院はどこですか？」

叶は声が震えるのを何とかこらえた。

「いや……頭を強く打っていまして……。亡くなりました」

叶は絶句した。――周囲の騒音が消え去ったようだった。

「――もしもし」

と、向うが言っている。「大丈夫ですか？」

「はい……。大丈夫です」

叶は急いでコップの水を飲んだ。

「丸山という人ですね、持主は」

「丸山知浩といいます。N大生で」

「登録してあった〈丸山恭子《きょうこ》〉というのが、ご家族？」

「あ……。たぶん……お母さんだと思いますけど」

「分りました。そちらへかけてみます」

「はい」

「どうもありがとう」

声は若い男のようだった。

「いいえ」

「君は——学生さん？」

「高校生です。丸山君とは演劇のサークルで知り合って」

「そう。彼は大学生か。——失礼なことを訊くけど、どういうお付合だった？」

「ただの……友人です」

と、叶は言って、「どうしてですか？」

「うん……。どうもね」

と、その声は言った。「目撃した人がいるんだけど、分っていて狙ってはねたんじゃないかって」

叶は息を呑《の》んで、

「それって……殺されたってことですか？」

と訊いた。

「その可能性が……。また、連絡しても？」

「はい」

「僕はS署の清川《きよかわ》というんだ。何か必要があればこの番号にかけるよ」

「お願いします……」

――叶は、しばらく、通話が切れていることにも気付かなかった。

「ごめん」

杏が戻って来た。「来週、お芝居見に行くことになってて。――叶、どうしたの？」

「杏……」

「顔、真青だよ。貧血でも起こした？――叶、大丈夫なの？」

3　影

夏休み中ということもあって、お通夜の席には、丸山知浩のN大の友人らしい姿はあまり見かけなかった。

蒸し暑い夜だった。

読経の中、黒のワンピースを着た星叶は、じっと座って、それでも額を濡《ぬ》らす汗を時々ハンカチで拭《ふ》かねばならなかった。

恋人というわけではなかったが、ボーイフレンドとして付合った数少ない一人だ。——叶は今もショックから立ち直れていなかった。

なぜ？　なぜ丸山君が「殺された」のか。

いや、事件は「ひき逃げ」として報道されていた。

丸山の死の直後、叶が電話で話した、清川という刑事からは、その後何の連絡もなかった。

丸山をはねた車は、「わざと狙って」いたらしいという目撃証言があった。——その話は一体どうなったのだろう？

隣に座ったのは、山中杏だった。

「杏。来たの」

と、小声で言うと、

「一応知り合いだったし……」

と、杏は言った。「黒の夏服、持ってなかったんだ」

薄い水色のワンピースだった。

「いいんだよ、それで」

と、叶は言った。

「――いい写真だね」

と、杏は正面の丸山知浩の写真を見て言った。

「うん……。いたずらっ子みたいだった」

と、叶は呟《つぶや》くように言った。

「お焼香が始まるね」

お坊さんの読経が一段落して、焼香が始まった。――黒のスーツの女性が初め。

「あれ、お母さんだね」

と、杏が言った。

「私、会ったことない」

叶はそう言って、「お父さんは？」

「丸山君が子供のころ、いなくなったんだって」

「そう。知らなかった。じゃ、お母さんと二人暮し?」

「そうじゃない? 叶、聞いてないの?」

「うん……」

叶はあまり人の家庭のことを、あれこれ訊くことがない。たぶん、自分自身がそういうことを訊かれたくないからだろう。

親戚《しんせき》らしい人もほんの数人で、すぐに一般の人の焼香が始まった。そう大勢いるわけではないので、叶たちも早々と席を立って、並んだ。

香の煙が漂って来て、目にしみる。

「――叶」

と、杏が隣に並んで言った。「丸山君と、どんな仲だった?」

叶はちょっと当惑した。

「どんな、って……。友達」

「それだけ?」

「うん。そんなに親しくしてたわけじゃないよ」

「恋人かと思ってた」

「そんなんじゃない」

と、叶は言って、「それより杏の方は――」

丸山が、叶のことを杏に訊《き》いたと言ったことを思い出していた。

しかし、焼香の番が回って来て、話は途切れた。

二人は、写真を見ながら前へ進み出て、焼香し、目を閉じて合掌した。

それから、遺族の席へと進んで、叶は母親に向って一礼すると、

「本当に残念でした」

と言った。「息子さんには色々と――」

言葉を切ったのは、目を伏せていた母親がフッと顔を上げて、叶を見たからだった。

「あなたは？」

と、母親が訊いた。

「あの――星叶と申します。華見岳女子高校の者で、演劇についての……」

母親の顔がサッと紅潮したので、叶はびっくりした。母親は目を見開き、

「あなたが――」

と、声を震わせて、「あなたが星叶なの！」

叶は唖然《あぜん》としていた。

「あの子は――あなたのせいで、こんなことになったのよ！」

と、母親が声を上げた。

叶はびっくりして、

「そんな……。何のことですか？」

「とぼけないで！　あの子を死なせておいて、図々《ずうずう》しくやって来るなんて！」

母親が席から立って、叶につかみかからんばかりになった。そこへ杏が、

「待って下さい！」

と、割って入った。「お母さん、落ちついて下さい。冷静になって下さい！　知浩さんが可哀そうですよ！」

むろん居合せた人たちも、一人残らず、母親と叶を見ている。

杏の言葉で、母親は少し冷静さを取り戻したように、また椅子にかけた。

「叶、行こう」

と、杏が促した。

「うん……」

呆然《ぼうぜん》としたまま、叶は杏に腕を取られて、式場から出た。

表に出て、ムッとするような夜の空気に包まれた叶は、胸に手を当てて、何度も息をついた。

「──叶、大丈夫？」

と、杏が訊く。

「とても大丈夫とは言えないけど……」

と、叶は首を横に振って、「でも、杏、ありがとう」

「丸山君のお母さんも、わけ分んなくなってるんだよ」

「でも──それだけじゃないよ」

と、叶は言った。「あの言い方。丸山君が私のせいで死んだ、って本当に思い込んでる。どういうんだろ？」

「叶は何も思い当らないんでしょ？」

「全然。そんなに深い付合じゃなかったもの。本当だよ」

「分る。──ともかく帰ろうよ」

「うん……」

叶は、暗い夜の中へと歩き出した。

少し時間がたったら、丸山の母親とも落ちついて話ができるかもしれない。一度、ちゃんと話をしないと、と思っていた。

「叶のこと、恋人だと思ってたのかな」

と、歩きながら杏が言った。「叶に嫉妬《しっと》したのかもしれないね」

そうだろうか？──叶は、あの母親の様子を思い出して、そうではないだろうと思った。

「あなたのせいで、こんなことになった」

「あの子を死なせて」

あの言葉は、ただ叶を「恋敵」として恨んでいるのとは微妙に違っている。といって、何があったのか、叶にも見当がつかない。

「――あ、私、ここからバスで帰る」

杏はバス停で足を止めた。

「ありがとう、杏」

ちょうどバスが来た。

「また電話するよ。あんまり気にしないで」

と言って、杏はバスに乗った。

「ありがとう」

叶は手を振ってバスを見送った。

それにしても……。まさか、こんなことになるとは。

叶は、駅の方へと歩き出した。

男が一人、叶を追い越して行った。ケータイを手に話している。

「――ええ、分ってます。明日の朝には必ず」

その声に、叶は聞き覚えがあった。

急ぎ足で先へ行こうとする男へ、

「すみません！」

と、叶は声をかけた。「清川さんですか？」
五、六歩行ってから、男は振り返って、
「君は……」

「星叶です」

「ああ。――うん、清川だ」

刑事といえば、もう少しがっしりした体つきなのかと思っていたが、清川はヒョロリと長身の、若い男だった。

「よく分ったね」

「お電話の声が……」

「そうか。――丸山君のお通夜に？」

「そうです。清川さんは……」

「うん……」

と、少したためらって、「仕事じゃないんだが、ちょっと覗《のぞ》いてみようと思ってね。一応お焼香させてもらった」

「そうですか」

少し間があって、清川は軽く息をつくと、

「ちょっとどこかでお茶でもしないか？」

と言った。

「見てたんですね」

叶は、駅前のハンバーガーショップで、夕飯代りのチーズバーガーを食べながら言った。

清川刑事は、特大サイズのハンバーガー。よほどお腹が空《す》いていたとみえて、凄《すご》い勢いでかみついていたので、すぐには返事ができず、

「ウ……ム……ム……」

と、唸《うな》るばかり。

「あ、いいです。食べ終ってからで」

と、叶は急いで言った。

清川は三分の二ほどを一気に食べてしまうと、初めてドリンクに手をつけた。

「──あの騒ぎか」

と、息をつく。「初めは声しか聞こえなかったがな。びっくりして前に出た」

「どうして、丸山君のお母さんにあんなこと言われたのか、さっぱり分らないんです」

叶は首を振って、「私のせいで丸山君が死んだってことですよね」

「そう聞こえたな」

「私、本当に心当りがなくて」

「どういう仲だったんだ？」

「ただの友達です」

と、強調した。「恋人でも何でもありません。わけが分らない」

「体の関係はなかったのか」

そう訊かれても仕方ないとは思いつつ、叶はムッとして、

「ただの友達だって言ったでしょ。キス一つ——」

と言いかけて、「あ……。あの前の晩に、うちまで送ってくれたとき、いきなりキスされましたけど。こっちはびっくりしただけで……」

「死ぬ前の日か」

「そうです」

叶は、合宿で道に迷って、山の中で一晩過した事情を説明して、「それで駅に迎えに来てくれてたんです」

「そんなことがあったのか」

叶はチーズバーガーを食べ終えて、

「清川さん、丸山君のケータイからかけて下さったとき、車が丸山君をわざとはねたらしいって言ってましたよね」

「ああ。——そうだった」

「その後、どうなったんですか、その話？」

清川は妙に考え込んでしまった。そして自分のハンバーガーを食べてしまうと、

「車は見付かっていない」

と言った。「ひき逃げ事件として処理されている」

「じゃ、目撃した人の話は？」

清川は言いにくそうにしていた。――叶は気になった。

「教えて下さい。丸山君のお母さんの言葉とも、関係あるんじゃないかと思うんです」

叶が身をのり出すようにする。

「――分った」

と、清川は肯《うなず》いて、「ただし、これは俺の個人の意見だ。刑事としてじゃない。そのつもりで聞いてくれ」

「どういう意味ですか？」

「あの次の日、目撃した人間に署へ来てもらった。そして話を聞いたんだが、言うことがまるで違ってたんだ」

「というと……」

「わざと狙ったということはない。むしろ丸山君が左右をよく見ないで道を渡ろうとした、と言ったんだ」

「そんな……」

叶は唖然《あぜん》とした。

「俺はまだ二十八歳の新米刑事だ。しかし、毎日、いろんな奴に会って、訊問《じんもん》もしている。俺にも分った。あの目撃者は嘘をついてる、ってな」

「つまり……」

「誰かに脅されたか、言い含められたか。ともかく何かの理由で、証言を翻したんだ」

「その人に、はっきり訊《き》いたんですか？」

「くり返し訊いたし、前の日に言ったことと違う、とも言ったよ。しかし、『私の見間違いでした』の一点張りだ」

叶はドリンクを飲んで、

「じゃあ、本当に——丸山君は殺されたんですね。でも、私とどういう関係があるんでしょう？」

「分らんよ、俺にも」

と、清川は肩をすくめた。

「放っておくんですか？」

「仕方ない。ひき逃げといっても、意図的なものじゃなかったってことになったんだからな」

「でも……」

と言いかけたが、これ以上、刑事である清川に言ってもむだだろうと思った。

「——行くか」

清川は席を立った。

店を出ると、

「君は電車か」

「ええ」

「俺はここからバスで行く。じゃあな」

「どうも……」

清川と別れて、改札口へ歩き出した叶は、

「おい」

と、清川に呼ばれて振り返った。

「何ですか？」

「うん……」

清川は少しためらってから、「君の母親は星泉なのか」

と言った。

叶は立ちすくんだ。

「――それが何か？」

「いや、何でもない」

足早にバス停へと向う清川刑事の後ろ姿を、叶はしばらく見送っていた。

4 灰

「ここだったよね……」

と、叶は言った。

誰に向かって言ったのでもない。自分に向かって、確かめたのである。

母、星泉から教えられた下山の道で、国道の近くに出て来た。それが確かここだったと思ったのだ。

道とは言えないような、細くて急な山道だった。下りるとき、二度三度、足を踏み外しそうになって、ヒヤリとしたものである。

やっと下り切った嬉《うれ》しさで、みんな、ともかく町へと急いだ。

おそらく、叶以外はこの場所を探し当てることができないだろう。叶はさすがに、あの小屋に母が住んでいると思うと、この場所をしっかり記憶に残していた。

「大変だ……」

この急な山道を、今度は上ろうというのだから。でも仕方ない。

もう一度母に会って、なぜ今、「星泉の娘」であることが問題になっているのか、知りたかった。

「行こう」

と、深呼吸して、叶は上り始めた。

夏の昼間だ。いくら山の中とはいえ、十分も上ると、全身から汗がふき出して来た。

途中で休みながら、それでも一本道なので迷うことなく、上り続けた。

二時間ほどすると、頭上に空が見えて来た。もう少しだ！

タオルで汗を拭《ふ》き、腰のベルトに挟む。

「ああ、ここだ！」

下り口の所に小さな柱が立っていたことを憶《おぼ》えていた。それが目に入った。

「ああ……。暑い！」

やっと上り切って、少し呼吸を整えた。

ここからは、平らな道を辿《たど》るだけ。

叶は、持って来たペットボトルの水を飲んで、歩き出した。

お母さん、いるかな。

叶は足取りを速めて、母の小屋の見える所まで——。

足を止め、叶は愕然《がくぜん》とした。

小屋は焼け落ちていた。

「そんな……」

ほとんど跡形もないと言っていい。――黒くこげた柱が二、三本と、洗面台やトイレが真黒になって残っていた。

――何があったんだろう？

叶は、焼け跡に近付いた。――焦げ臭い匂いはしない。もう何日もたっているのだろう。

足下に気を付けながら、中へ入ってみた。水をかけた様子はない。

ベッドもすっかり灰と化している。

母は大丈夫だったのだろうか？

もしかして、焼け死んでいるとか……。

そう思うと血の気がひいた。こわごわ方々を覗《のぞ》いたが、それらしい様子はなく、ホッとした。

ともかくショックで、表に出ると、手近な倒木に腰をおろして、水をガブ飲みした。

誤って火を出したのだろうか？

「まさか……」

この火事が、叶のここへ来た理由と係《かかわ》っているとしたら……。

そんなわけない。――でも、清川が叶に言った言葉。

清川がなぜああ訊いたのか、それは叶も知らない。しかし、丸山の死と、母の存在はどこかでつながっているのかも……。

ここにいないとしたら、母はどこへ行ったのだろう？

そのとき、フッと日がかげった。風が吹いて、汗で濡《ぬ》れた首筋にひんやりとした感覚があった。

不意に、叶は身を硬くしていた。――背後の茂みがガサッと音をたてたのだ。

風ではない。何だろう？

何か動物が駆けて行ったのか。でも、それにしては一瞬のことだった。

じっと息をつめて、気配をうかがっていると、またかすかに茂みのこすれ合う音。

それだけではない。地面の枝を踏んで折ったような、パキッという音が聞こえた。

これは――人間だ。

叶はそっと身をかがめ、足下の小石を拾い上げた。そして、振り向きざま、それを茂みの方へ投げつけた。

ザザッと音がして、何かが茂みを駆けて行く。

叶は立ち上ると、山を下る道へと走り出した。こんな所で、誰にせよあの小屋の焼け跡を見張っていたとしたら――。

逃げるんだ！

叶はあの急な山道を、必死で下って行った。

後になって思えば、よく足を踏み外さなかったものだ。

夢中で下る内、いつの間にか下り切っていた。――苦しくて、しばらく動けなかった。

汗がふき出し、激しく喘《あえ》いで、タオルは汗でぐっしょり濡れた。

それでも、どれくらいたったか。やっと歩き出す元気が出た。

駅前に出ると、叶は小さなさびれた喫茶店に入った。ともかく、座って休みたかった。

アイスコーヒーを頼むと、見える所で、紙パックのコーヒーをグラスに注《つ》いでいる。まあ、味が分っていていいとも言える。

ケータイが鳴った。さすがに、駅前では電波が入る。メールだ。

「アンナからだ……」

森田《もりた》アンナは、あのとき一緒に山小屋に泊った子である。もう一人の池上小夜《いけがみさよ》と共に、一年生の部員だ。

〈叶さん！　元気ですか？

私、明日から沖縄です。きれいな海に潜ってきます！

あ、それで――今日、一緒に行く子と打合せしてたら、その子、あの山の中の小屋のこと知ってて。何で知ってるんだろう、って思ったら、その子のお姉さん、三年生なんですけど、部長から聞いた、って。部長、「内緒よ」って言って、あちこちしゃべってるみたいですよ。

口が軽いのって、いやですね！　アンナ〉

想像はついた。川崎良美は、「秘密」をしっかり自分の中にしまっておける人ではない。

実際、三年生だからというだけの理由で部長になっているのだ。

あと半年の辛抱……。杏もよくそうこぼしている。

叶は、〈気を付けて〉と返信して、ケータイをしまった。

「――まさか」

良美の口から、あの小屋のことが洩《も》れて、それであそこに火が？

そんなこと……。

そんなはずはない、と思いつつ、叶は不安がふくらんで来るのを感じていた。

アイスコーヒーは、むやみに苦かった。

帰りの列車が動き出すと、叶はじきに疲れが出て、眠り込んでしまった。

車内は空《す》いていて、半分くらいしか客がいない。隣の席にバッグを置いて、叶はぐっすりと眠っていた。

ゴーッという音が、叶の目を覚まさせた。

鉄橋を渡っているのだ。

「あ……。もう暗いんだ」

外は真暗で、遠くに人家の明りが見えていた。

「ああ……」

大欠伸《あくび》をして、叶は息をついた。

今、どの辺だろう？　ケータイを取り出して時刻を見る。夜の七時を回っていた。では、東京駅まで、あと十分か十五分というところだろう。

席を立った叶は、洗面所へ行って、顔を洗った。

お腹がグーッと鳴る。――そうか。何も食べてなかった！

「駅で何か食べよう」

と呟《つぶや》くと、丸山が迎えに来てくれていた、あの夜のことを思い出す。

席に戻ると、ちょっと当惑した。前の席が向い合せになっているのだ。――何だろう？

座っていたのは、ハイキング風の服装の女性で、登山帽が顔にのっていた。眠っているらしい。

「あの……」

と言いかけて、叶は言葉を切った。

わざわざ起すこともないか、と思った。

座って、自分のバッグを開け、ペットボトルを出して、残っていた水を飲んだ。ぬるくて、おいしくはないが、仕方ない。

すると――向かい合って座っていた女性が、

「飲む？」

と、スポーツドリンクを差し出した。

「いえ——」

その女性が登山帽をヒョイと上げた。

叶は唖然《あぜん》とした。

母、星泉だったのである。

「あ……」

と言いかけると、星泉は唇に指を当てて、何も言うな、というように小さく首を振った。

どういうこと？

叶は、わけが分らず、母をにらんでやった……。

「細いのに、よく食べるわねえ」

と、星泉は呆《あき》れたように言った。

「まだ十七よ」

と、叶はアッという間にカツカレーを平らげて、「お昼抜きなんだもの。お腹空くわ」

そう言って、叶はお腹が痛くなり、

「いたた……」

と、顔をしかめた。

「そりゃ、空きっ腹にそんな勢いで食べれば」

泉はパスタを食べていた。

「──どうしたの？　あそこ、焼けてた」

叶の言葉に、泉は肯《うなず》いて、

「見に行ったのね」

「うん。──誰かが茂みに隠れてた」

泉は食べる手を止めて、

「確か？」

と訊《き》いた。

「間違いないと思う」

叶の話を聞いて、泉は少し考えていたが、

「どうも、いやな予感がするわ」

と言った。

二人でコーヒーを飲みながら、叶は丸山のことを話した。

「亡くなったのね」

と、泉は首を振って、「可哀そうに。まだ若かったんでしょ？」

「十九だった」

「十代だったのね……」

泉はため息をついて、「若い子を犠牲にするなんて」

「お母さん、教えて」

叶は真直ぐに母を見つめて、「何があったの？　どうして今になって、お母さんのことが問題になってるの？」

泉は目を伏せて、少しの間黙っていたが、

「――話せば長くなる」

と言った。「ここにいつまでもいられないし」

「じゃ――うちに？」

「いえ、あなたは一人で帰って。何ごともなかったようにね」

「でも……」

「心配しないで。お金は持ってる。どこかビジネスホテルにでも泊るわ」

「どうやって連絡したら？」

泉は黙ってケータイを取り出して見せた。

「何だ。文化的な生活してんだ」

と、叶が言って、泉は笑った。

その泉の笑い声は、遠い日の記憶を叶の中に呼びさました。

これ、お母さんの笑い声だ！

「ともかく」

と、泉は言った。「今日は疲れたでしょ。ゆっくり休んで。私も寝るわ。久しぶりに、ちゃんとしたベッドでね」

「お母さん……」

「気持いいわね、『お母さん』って呼ばれるの」

泉はそう言って、グラスの水を飲み干した。


「あのマンションだよ」

と、叶はマンションが見えてくると、指さした。「あそこの〈502〉」

「憶《おぼ》えとくわ」

と、泉は言って足を止めた。「じゃ、お母さん、ここで」

「寄らないの？」

「また今度ね」

「じゃ——」

「明日、ゆっくり話しましょ」

「分った」

正直、確かに叶もくたびれていた。それに両脚の筋肉が痛い。あの急な山道を上り下りしたのだから当然だが。

「じゃ、おやすみ、叶」

「おやすみなさい」

と、叶は言って、何となくすぐには歩き出せないでいた。

「叶。今日、あの小屋を見に行ったことも、それと私と会ったことも、誰にも言っちゃだめよ」

「うん。――分った」

「本当に、誰にもよ」

と、泉は念を押して、「お友達を巻き込みたくないでしょ」

「分った」

と、叶はくり返した。

「それじゃ」

泉は足早に夜の中へ消えて、振り向こうともしなかった。

マンションへ入ろうとすると、ケータイが鳴った。――山中杏からだ。

「もしもし、杏」

「叶。どこに行ってたの?」

「え?」

「昼間、電話したけど、つながらないし」

叶は一瞬迷ったが、

「あ、ごめん。急にお父さんの親戚《しんせき》の法事に行くことになっちゃってさ。ケータイ忘れてった」

「何だ、それならいいけど」

杏には何もかも話していいような気もした。でも、丸山の身に起ったことを考えると……。

母、泉が言ったように、「巻き込む」ことは避けなければ。

「明日、プールに行かない？」

と、杏が言った。「タダ券あるんだ、ホテルのプールの」

「ごめん。明日はちょっと約束あって」

「そう。じゃ、またね」

「誰かと行って。もったいないじゃない」

「明日でなきゃってわけじゃないよ」

と、杏は言った。「元気、取り戻した？」

丸山のことで、落ち込んでいる叶のことを心配してくれていたのだろう。

「ありがとう。大丈夫だよ」

と、叶は心からありがたいと思いながら言った……。

5　暑さの午後

白い舗道からの照り返しが、目にもまぶしいようだった。

夏は盛りだ。都内の蒸し暑さは、普通じゃなかった。

母と待ち合せていたのは、新しい大型商業施設で、叶も初めて来た。

あんな山の中にいて、どうしてこんな所を知ってるんだろう？

ともかく、ガラス張りの広いスペースに入ると、冷房が入っていてホッとする。それでも日差しが強いので、そうひどく冷えてはいなかった。

ええと……。ガーデンテラス、って言ってたっけ。

案内図を見て、探して歩く。

夏休みだから、高校生の女の子のグループとか、カップルがやたらと多い。

小さな噴水や花壇がある広場が、カフェになっている。その奥の方のテーブルに、母の姿を見付けた。

「早いね」

叶は椅子を引いて座ると、「まだ約束の十分前だよ」

「二十分前から来てたわ」

と、泉は言った。「氷が溶けてるでしょ」

すっかり薄まったオレンジジュースがグラスの半分ほど入っていた。

「私もせっかちなの」

と、叶は言った。「お友達と待ち合せると、絶対に一番早い」

「親子ね。私もせっかちだった」

と、泉は笑って、「何か飲む？　あそこのカウンターで頼むのよ」

「あ、じゃ私もオレンジジュース。自分で行くよ」

「いいの。座ってて」

泉がパッと立ち上って、カウンターへとテーブルの間を抜けて行く。その素早さが、何だか不自然な気がして、叶は気になっていた。

泉は戻って来て、

「すぐ持って来てくれるわ」

と言った。

「お母さん、こういう所、慣れてるんだね。ずっとあの山の中にいたわけじゃないのね」

「ええ」

泉は肯《うなず》いて、「月に一、二度は東京へ来てたわ」

「仕事で？」

泉が答える前に、オレンジジュースが来た。

「飲んで」

「うん……」

叶はストローでゆっくり飲むと、「――冷えてておいしい」

と、息をついた。

「ね、叶」

「うん」

「世間話してるような様子でね」

「え？」

「気楽に。緊張しないで」

「お母さん――」

「あなたを尾《つ》けて来た男がいる」

「え？」

「振り向かないで」

泉は微笑みを絶やさずに、「そう。のんびりジュース飲んで」

「どういうこと？」

「あなた、見張られてるわ。たぶんマンションからずっとついて来たんでしょう」

「気が付かなかった。暑くて――」

「いいのよ。それが当然。それに、気付かれたからって、諦《あきら》めやしないわ」

「でも、どうして私が……」

「そうね。その話をしようと思ってたけど」

泉は薄くなったグラスの残りを飲み干すと、「今は……。私、右手の奥へ入って行くわ。あなたは反対の、今来た方へと行って」

「お母さん――」

「尾けて来てるのは男一人。両方は追えないわ。あなたは混んでる店に入って、それからすぐに出るの。男はTシャツにジーンズ、全然似合ってないから、すぐ分るわ」

「それで……」

「尾行をまいたら、私のケータイにかけて。別の所で落ち合いましょう」

何か訊《き》く暇もなかった。泉が立ち上って、スタスタと歩き出す。

叶はジュースを一気に飲むと、立ち上って母と反対の方へと歩き出した。

視界の隅に、白いTシャツの小太りな男が見えていた。泉と叶の両方を、困ったようにキョロキョロと見ていたが、やがて思い切ったように、泉の行った方へと人をかき分けて行った。

「――何なのよ」

さっぱりわけが分らない。

それでも念のため、若い子が一杯入っている小物のショップの中を抜けたり、広場に並んだ意味の分らないオブジェの間をジグザグに通ったりして、エスカレーターで上のフロアへと上った。

広場の上はずっと吹き抜けになっていて、円筒形の建物の中心の穴という様子だった。二階へ上って、誰かついて来るかと見ていたが、その様子はなかった。

お母さんはうまく逃れたのだろうか？

でも――どうして尾行なんか？

叶を尾けて来た男が、泉を追って行く。どんな理由があるのだろう？

叶は、また歩き出しながら、ケータイを取り出した。メールが来ている。

一年生の池上小夜からだった。

〈星先輩！

私、明日から劇団Sのワークショップに行くことになりました！

一週間ですけど、本職の役者さんに教えてもらいます。楽しみです！　小夜〉

池上小夜は、自分で舞台に立ちたがっている。高校には演劇部もあるのだが、上下関係がやたらうるさいという評判で、小夜はそれを嫌っているのだ。

〈良かったね。頑張って！〉

と、返信しながら歩いていると――。

視界の端を、何か黒い物が真直ぐ落ちて行った。

悲鳴が上った。びっくりして、叶は足を止めた。

「どうしたの？」

「誰か落ちた！」

という声。

叶は手すりから下の広場を見下ろした。

男が倒れている。女の子たちが、周りに集まって来ていた。

その男は白いＴシャツとジーンズ。さっき母を追って行った男とよく似ていた。

「まさか……」

もっと上のフロアから落ちたのだ。

でも――こんな、胸の高さまである手すりを越えて？

叶は、他の客たちの間をかき分けて、階段へと急いだ。

お母さん！　お母さんは大丈夫なんだろうか？

叶は夢中で階段を駆け下りて行った。

広場まで下りて行くと、上から落ちた男の周りにはもう人垣ができていて、その姿は全く見えない。

「どうなってるの？」

と、星叶は呟《つぶや》いた。

お母さんの後を追って行った男だったら、叶より上のフロアにいたとは思えない。格好が似ているだけで、別の男だったのか。

でも、あの高い手すりを越えて落ちるなんて。——自分で飛び下りたか、そうでなければ……。

誰かに落とされたか、だ。

丸山知浩が死んで、そして今、また男が死んだ？——なぜ、突然こんなことが起るんだろう？

叶は広場の隅の方へ動いていた。無意識だったが、落ちた男から少しでも離れたかったのだ。

「あ……。ケータイ」

バッグの中で、ケータイが鳴っていることに気付いた。急いで出ると、

「叶、大丈夫？」

母、泉からだった。

「人が落ちたよ。上の方から」

「そう」

「これって……私と関りあるの？」

泉は答えずに、

「聞いて」

と言った。「たぶん、この建物の中に、あなたを捜してる男たちがいる。今はできる

だけ早くここを出ることよ」

「そんな……」

叶はムッとして、「お母さんがここに来いって言ったんだよ」

叶のふくれっつらが声で伝わったのか、泉はちょっと笑って、

「ごめんなさい。でも、怒るのは後回し。地下の駐車場に行って。B3の〈Aブロック〉の〈46〉」

「え？」

「憶《おぼ》えて。B3の〈Aブロック〉の〈46〉」

「あの――」

「急いで」

と、泉は切ってしまった。

「もう……。何なのよ！　説明もしないで」

仕方ない。――叶は駐車場へ下りるエレベーターを見付けたが、エレベーターの中で、もし自分を追いかけている人間と一緒になったら、と思って、奥の階段を下りて行った。

B3、は地下三階ってことだろう。

今どきのこの手の建物には、駐車場が沢山ある。

地下三階で、駐車スペースへ出る。――急に静かな空間が広がって、戸惑った。

スペースはほとんど埋っている。〈Aブロック〉……。

ともかく広いので、中がABCに分れているらしい。叶は〈Aブロック〉を目指して小走りに急いだ。

駐車場はクーラーが入っていないので、暑い。叶は汗がふき出して来るのを感じた。

〈A〉ブロックがあった。その〈46〉だったよね……。

急に人の話し声がして、叶はギクリとした。

「下の階にも誰か行け！」

と、男の声。

「これ以上分けると――」

「二人いればいい。あとの二人は地下四階だ」

「はい」

バタバタと足音が駆け出した。

「反対側から回ろう。いいか、星叶を見付けても、殺すなよ」

私のこと、捜してる！「殺すな」だって？

叶はあわてて、停めてあった大型車の後ろに隠れた。

足音が一つ、近付いて来る。――叶はじっと息を殺して、かがみ込んでいた。

足音は通り過ぎて行った。

何者だろう？――というより、「私って何者？」

〈46〉は、割合近かった。

そっと体を起して、〈46〉のスペースへと足音をたてないよう用心して進んだ。

「え？」

〈46〉の文字が目に入った。でも――そこには車がいなかった。

どうしたらいいんだろ？

途方にくれていると、車の音がした。

駐車場へ入って来たのか、出て行くのか……。

叶は隣のスペースに停めてあったワゴン車のかげに隠れた。車の音が近付いて来る。

黒塗りの立派な車がゆっくりと進んで来た。そして、〈46〉のスペースの前で停ったのである。

この車だろうか？　でも、お母さん、どうしろとは言ってなかった……。

叶は迷いながら、そっとワゴン車の後ろから首を伸して、その車を覗《のぞ》いて見た。

すると――車の運転席の窓が少し下りて、

「乗って」

と、男の声がした。

え？　私に言ってるの？

「早く後ろに乗るんだ！」

差し迫った口調だった。叶はちょっと迷ったが、今は他にしようがない。

頭を低くしたまま、車に向って駆けて行き、後部座席のドアを開けて乗り込んだ。

「ドアを静かに閉めて」

と、運転席の男が言った。「軽く閉めれば自動的にロックされる」

「はい……」

「座席に毛布がある。駐車場を出るまで、床に伏せて、毛布をかぶってるんだ」

「床に？」

「早く。車を出すぞ」

叶はあわてて床に身を横たえると、毛布をかぶった。頭から爪先《つまさき》まで隠れるように、身を縮める。

車が少しスピードを上げた。すると、

「停れ！」

と、声がして、車が停る。

「失礼ですが、免許証を」

叶を捜している男だろう。――少し間があって、

「これは失礼しました！」

「いいかね」

と、運転している男が言った。

「どうぞ、行かれて下さい」

「何ごとだね？」

「ちょっと人を捜しておりまして。失礼しました」

「ご苦労さん」

車が再び動き出す。何度かカーブして、ゆるい傾斜を上って行く感覚があった。

少しして、車は停った。

「——もう大丈夫だ」

と、男の声がした。「窮屈だったね」

叶は毛布をのけて、座席に腰を下ろすと、

「それより……どうして私……」

「気持は分る。しかし今は話していられない。ちょっと遠出するよ」

車は走り出した。

もう……。誰も説明してくれない！

叶は頭に来たものの、仕方なく腕組みをして、座席に寛《くつろ》ぐことにした……。

6 写真

真夏の日差しがまぶしい。

公園にも人影はまばらだった。

日かげに入って、星泉はやっと少しホッとした。ベンチに腰をおろす。

ケータイが鳴った。

「はい」

「心配いらない」

と、男の声が言った。「叶君は連れ出したよ」

「そうですか」

泉はちょっと目を閉じた。

「気が緩んだんだろう、今は座席で居眠りしてる」

「分りました。寝かせてやって下さい」

「君の方は大丈夫か」

「はい、何とか。——夜までには行きます」

「そうしてくれ。先に行ってるよ」

「よろしくお願いします、叶のこと」

「ああ。――しかし、しっかり者だね。君に似ている」

「それはどうも」

と、泉は苦笑した。

「ともかく、そっちも用心してくれ」

「分りました」

通話を切ると、泉は周囲を見回した。

「叶……」

と、小声で呟《つぶや》く。「勘弁してね。――お母さんの子に生まれたのが不運だったと諦《あきら》めて」

泉は立ち上ると、照りつける日差しの下、きびきびとした動きで歩き出した。

表札にはただ〈丸山〉とあった。

チャイムを鳴らしてみたが、返事はない。

清川刑事は、そのアパートの二階の部屋の前で、少し迷ってから、もう一度チャイムを鳴らそうと手を伸した。

「何ですか？」

と、声がして、清川はびっくりして振り返った。

Tシャツにジーンズの女の子が、アパートの廊下に立っていた。

「君は……」

「丸山ですけど」

と、女の子は言った。

手にスーパーの袋をさげている。

「この家の人?」

「そうですけど……。何のご用ですか?」

清川は警察手帳を見せて、

「S署の清川というんだ」

「刑事さん?」

「この間、ここの息子さんのお通夜に出たんだが……」

「兄の?」

「君は妹さん? あのとき見たかな」

「私、いませんでした、お通夜には」

と、少女は言った。「看護学校の研修があって」

「そうか。――今、鳴らしたんだが、お母さんは留守なのかな」

「いえ、いるはずですけど……」

と、少女はちょっと眉《まゆ》をひそめて、「母は疲れてるんです。たぶん、返事する元気がないんだと思います」

「そうか」

「待って下さい」

と、少女は鍵《かぎ》を取り出して、玄関のドアを開けると、「——お母さん。ただいま」

少女が「アッ！」と短く声を上げた。

「どうした？」

清川が中を覗《のぞ》く。正面の窓が開いていて、男がそこから出て行こうとしていた。

「おい、待て！」

と、清川が怒鳴った。「警察だ！」

男がハッと振り向く。野球帽を目深にかぶって、顔が見えない。

男の姿は窓の外へ消えた。

清川は急いで上ると、窓へ駆け寄った。

オートバイがエンジン音をたてて走り去って行った。たちまち姿が見えなくなる。

「お母さん！」

と、少女が叫んだ。

清川が見ると、奥の部屋で布団にぐったりと倒れた母親が見えた。顔に枕が押し付けられている。

「お母さん！」

少女が枕をはねのけて、母親を抱き起こした。清川も駆け寄って、母親の脈をみた。

「大丈夫だ。気を失ってるだけだ。救急車を呼ぶ」

「お願いします！」

――清川は救急車の手配をして、

「窓枠に指紋が残ってるかもしれないな。これは殺人未遂だ」

と言った。「お母さんは丸山恭子《きようこ》といったか？」

「ええ。私は丸山緑《みどり》です。色の〈緑〉で」

と、少女は言った。「どうして母が……」

「何か事情があるんだな」

清川はS署へ連絡を入れてから、

「親父さんはいないのか」

「父は……家を出て行方不明です」

と、緑は言った。「私が七つのとき」

「すると、お母さんが一人で？」

「ええ。看護師です。それで私も……」

「兄さんが亡くなったことで、何か言ってたかい？」

「何か、って……」

「通夜のときに、妙なことがあってね」

清川は、星叶に丸山恭子が恨みの言葉を投げつけたことを話して、「星叶って名前、聞いてるか」

「聞いたことはあります」

と、緑は肯《うなず》いて、「兄の彼女なのかと思ってました」

「兄さんの死について、お母さんは何か言ってたか」

「ただショックだったようで……。私、寄宿舎に入ってるので、よく分らないんです」

「そうか」

「でも——どうして母が狙われるんですか？」

「それはこっちが訊《き》きたい」

と、清川は言った。「いいか、君も用心しろよ」

「私？——私が狙われるってことですか？」

「分らないが、可能性はある」

清川は、サイレンを耳にして、「救急車だな。ついて行けるか」

「もちろんです」

「病院に入ったら、連絡してくれ。僕はここで捜査する」

清川のケータイ番号を聞くと、緑は登録した。救急車がアパートの前で停った。

緑は急いで部屋を出て行った。

清川は、飾り気のない部屋の中を見回した。

——恭子は、星叶の名前を知っていた。

そして、命を狙われた……。

「何かあるな……」

と、清川は呟いた。

救急隊員が担架を手に、入って来た。


叶はふっと目を覚ました。

「——眠っちゃったんだ」

と、欠伸《あくび》をする。

そして、自分が車の中から、いつの間にか広い居間に移されていることに気付いて、唖然《あぜん》とした。

「いつの間に?」

ここへ運ばれる間、目を覚まさなかったと思うと、恥ずかしくて赤くなった。

あんな状況で眠ってしまった自分に、ちょっとびっくりしていた。——私って、度胸いいのかも。

「ここ……どこだろ」

広くて、豪華な作りの居間だ。どこかのお屋敷なんだろうか。

叶は居間のドアをそっと開けて、

「誰か――いませんか」

と呼んでみた。

玄関ホールだけでもずいぶん広い。二階へ上る階段があった。

でも、中を見て回る前に、叶は玄関に自分の靴が置いてあるのを見て、一旦《いったん》外へ出てみることにした。

玄関の重いドアを開けて外へ出ると――。

「あ……」

もう夜になっていたのだ。居間は窓がなくて明りが点《つ》いていたのだが、まさかこんなに暗くなってるなんて……。

そこは林の中だった。道は木立の間にすぐ見えなくなっている。

そして、叶を乗せて来たはずの車の姿もなかった。

表に出て振り返ると、二階建の立派な屋敷。見上げるような高さだった。

誰の家なんだろう？――ともかく、見回しても、近くにコンビニもファミレスもなさそうだった。

仕方ない。叶は屋敷の中へ戻った。

廊下は明りが点いているが、耳を澄ましても何の物音もしなかった。人のいる気配がない。

目の前の階段。——叶はまず二階へ上ってみることにした。

二階の廊下もずいぶん広くて、いくつもドアが並んでいる。少し迷ったが、両開きのドアがあって、それを開けてみた。

手探りでスイッチに触れると明りが点いて、たぶん主寝室なのだろう。大きなベッドが部屋の奥に置かれている。

ベッドの向い側の壁に戸棚があって、その上に絵皿や写真立てが並んでいた。

叶はその写真立てを手に取ると、

「——うそ！」

と、思わず呟《つぶや》いていた。

身を寄せ合って笑顔で写っている男女。——その女性の方は、明らかに、母、星泉だった。まだ若い。たぶん二十代か。

男の方は大分年上の感じで、四十前後かと見えた。どう見ても、恋人同士か、夫婦か。

背景は、遠く眼下に広がる街並だが、日本のようではなかった。教会の尖塔《せんとう》が見えている。ヨーロッパのどこからしいと思える。

写真には日付が入っていなかった。

でも——ここに母の写真があるということは……。

そのとき、表に車の音がした。叶は、玄関のドアが開いて、誰かが入って来る音を聞いた。

　ともかく、ここは危ない場所ではないらしい。

　叶は寝室を出ると、階段を下りて行った。

　物音がしているのは、一階の奥の方。ドアが開け放されて、明りが点いている。

　そっと近付いてみると、そこは台所らしかった。水の流れる音、換気扇らしい音……。

　そっと覗《のぞ》くと、きれいに整えられた台所で、大きな冷蔵庫が白く光っている。

　喉《のど》が渇いたな、と思った。――何か入ってるかしら？

　冷蔵庫を開けてみると、扉の棚に、お茶やコーヒーのペットボトルが並んでいる。一本もらおう。

　緑茶のペットボトルを取り出して、ふたを開け、じかに一口二口飲むと、ホッとした。

　そこへ、

「どなた？」

　と、声がして、振り向くと、六十ぐらいか、髪が半ば白くなった女性が立っていた。

　そして、叶を見ると、

「まあ！　お嬢様！」

　と、目を大きく見開いた。

「え？」

　そう言われてびっくりするのは叶の方である。見たこともない人だ。

　すると、その女性が胸に手を当てて、

「失礼しました！」

と言った。「泉お嬢様かと思いまして」

「あの……母を知ってるんですか」

「やっぱり」

と、ニッコリ笑って、「叶様ですね」

「そうですけど……」

「伺っています。お腹がお空《す》きかと思って、買物に出ておりまして」

「あの……私をここへ運んでくれた人は？」

「お帰りになりました」

「そうですか……。母は来るんでしょうか？」

「はい、夜遅くにはおいでになると思いますよ」

「——分りました」

今、この人に色々訊いても、却《かえ》って混乱しそうだ。叶は、とりあえず、

「じゃ、何か食べさせて下さい」

と言った。

「かしこまりました！　居間の方でお待ち下さい。お呼びしますので」

「はあ……」

——居間に戻って、叶はソファに落ちついた。

私、どうしてここにいるんだろ？――マンションに帰らないと、着替え一つ持っていない。

夏休みだからいいようなものの……。

「もう……。わけ分んない！」

半ばやけになって、叶はソファに寝そべった。


清川刑事は、その病院の夜間受付に立ち寄った。

「丸山恭子さんですね」

と、受付にいた看護師がパソコンを見て、「705号室です。ご家族の方？」

「警察です」

と、警察手帳を見せる。

「失礼しました。どうぞ」

「容態について訊《き》くのは……」

「七階のナースステーションで訊いて下さい」

「分りました」

「エレベーターは、その先を右へ」

清川は七階へ上って行った。

丸山緑から、この病院が受け入れてくれたと連絡が入ったのである。

丸山恭子を襲った男について、捜査があったので、清川が病院へ来るのは夜になってしまった。

「705……か」

病室の戸をそっと開けると、中はもう明りが消えて、常夜灯だけの薄暗い状態だった。

四人部屋で、ベッドの一つは空いている。

奥のベッドのそばに、椅子にかけている緑らしい姿を見付けた。

清川が近付くと、緑が気付いて、

「あ……」

と、腰を浮かした。

「どうだ?」

と、清川は眠っているらしい恭子を見ながら訊いた。

「今、鎮静剤で眠ってます」

と、緑は小声で言った。

「犯人のことを何か言ったか?」

「いいえ。まだショック状態から抜け出していないみたいです」

「当然だろうな」

「何か見付かったんでしょうか?」

清川は他の患者を見て、

「廊下へ出よう。——少し離れても大丈夫だろ？」

「はい」

清川と緑は、病室から出ると、廊下の長椅子にかけた。

「今のところ、はっきりした手がかりはない」

と、清川は言った。「君のお母さんが話してくれるのを待つしかないかな」

「そうですか」

緑は不安げに、「でも、泥棒とかじゃないんですよね」

「泥棒に入って、もし顔を見られたとしたら、あんな風に枕を顔に押し付けたりしないだろう」

と、清川は言った。「あの状況は、おそらく窓から忍び込んだ犯人が、眠っているお母さんを窒息死させようとしたんだ」

緑は胸に手を当てて、

「間に合って良かった！」

と言った。

「そうだな。犯人は当然、何かお母さんにしゃべられてはまずいことがあったんだろう」

「それって——兄のことでしょうか」

「分らないが……。たぶん関係があるだろう」

「でも、兄はひき逃げされたんでしょう？　それとも——殺されたってことですか。母が星さんって人に食ってかかったのも……」

「君のお兄さんと星叶がどういう関係だったのか、洗ってみる必要があるな。彼女は、ただの友達だったと言ってたし、嘘とも思えなかったが……」

夜勤の看護師が通りかかって、

「丸山さんの娘さんね。くたびれたでしょう。一度帰って、明日来たら？　お母さんは大丈夫よ」

「でも……」

と、緑はちょっとためらって、「この椅子で寝てもいいですか？」

「それなら当直用の休憩室があるわ」

「すみません、それとこの辺、お弁当売ってるようなお店って……」

「お腹空いてるわよね。コンビニもあるけど、裏口を出ると、二十四時間営業の食堂があるわよ」

「じゃあ、ちょっと食べて来ます」

「俺も食いはぐれてるんだ。一緒に行こう」

清川に促されて、緑はやっとホッとした表情になった。

二人がエレベーターへと向って、看護師はナースステーションに入って行った。

ナースコールが鳴って、看護師が急いで病室へ向う。

残っていた看護師が、電話に出て話していると——。廊下の奥の男子トイレから、音もなく滑り出した人影が、丸山恭子のいる病室へと素早く入って行った。

7 囁き

「ごちそうさま」

と、緑は礼を言った。

「よせよ」

清川は苦笑して、「天丼一杯ぐらいで、礼を言わないでくれ」

二人は食事から戻って、病院の七階へと上って来た。

「もう一度、君のお母さんの様子を見て行こう」

「ありがとう」

と、緑は言った。「まだ眠ってるかも……」

二人はナースステーションに声をかけてから、病室へ入って行った。

ベッドのそばへ行って、緑は、

「あ……。お母さん、目が覚めてるの？」

母、恭子が目を開けていたのだ。

そして緑の方へ目を向けると、

「緑！——緑、大丈夫なの？」

と、震える声で言った。

「お母さん、どうしたの？」

「手を——手を握って」

「うん……」

清川が近付いて、

「どうした？　様子が変だ」

「お母さんが……」

「丸山さん。刑事です。何かあったんですか？」

「いいえ！」

と、恭子は強く首を振った。「何もありません！　何も」

「アパートで、あなたを襲った男のことは、憶《おぼ》えてますか？」

「いいえ、何も」

「顔を見ませんでしたか？　何か言ったとか——」

「何も知りません！　何も見ていません」

恭子の声が高くなった。

「分りました。——落ちついて下さい」

清川は肯《うなず》いて、「また明日、改めてお話を伺います」

「何も知らないんです」

「分ってます。では……」

清川は病室を出て、ナースステーションへ行くと、

「誰か、丸山恭子さんの病室に入って行きませんでしたか？」

と訊《き》いた。

「いえ、まさか。誰もみえませんよ」

「そうですか……」

緑が廊下へ出て来た。

「清川さん」

「どうした」

「隣のベッドの人が。──誰かが母の所へ来たって」

「やっぱりそうか」

と、清川は肯いた。「たぶん、お母さんを脅したんだな」

「そんな……。誰が？」

「分らないが。──おそらく、『娘を死なせたくなかったら、何もしゃべるな』と言い含めたんだ」

清川はため息をついて、「話を聞くのは難しそうだな。こうなったら……。星叶ともう一度話そう」

「私も一緒に行きます！」

と、緑がじっと清川を見つめて言った。

「分った」

と、清川は肯いて、「しかし、君に危険が及ぶのは避けたい」

「そんなの無理ですよ。母のそばまで近付いて来るような相手じゃ」

清川は苦笑して、

「確かにな。君はどことなく星叶に似てるよ。気が合うかもしれない」

と言った。「ただ――今のところ連絡が取れないんだ」


「ご苦労」

と、車を降りて、五月《さつき》は言った。

「お疲れさまでした」

車のドアを開けていた秘書は、「明朝はいつもの時間でよろしいですか」

と訊いた。

「そうだな」

行きかけた足を止めて、「官邸へ伺うのは何時だった？」

「午後二時です」

「そうか。じゃ、少しゆっくり寝よう。十時に迎えに来てくれ」

「かしこまりました」

五月政広《まさひろ》はマンションの正面玄関を入ると、ルームキーでオートロックの扉を開け、中へ入った。

ロビーには制服警官が立っているが、隅の置物のかげで、目立たない。

五月がエレベーターに乗るのを外から見届けて、秘書は車に戻った。

――五月政広は、いつもエレベーターの中でネクタイを外す。

エレベーターで一人になると、それまで気にならなかったネクタイが、急に息苦しく感じられるようになるのだ。

警視庁警視。――その肩書は、いささか五月には重過ぎた。

もっと平凡な刑事として、定年を迎えたかったのだが……。仕方ない。

今さら文句をつけるわけにもいかなかった。

五階でエレベーターを降りると、ひっそりとした廊下を辿《たど》って行く。

帰ったところで、誰が迎えてくれるでもない。五月は今五十五歳だが、妻と子は山梨の静かな町で暮している。本当なら、五月もそこで一緒に生活しているはずだった……。

部屋の玄関のドアを開ける。

中は暗いが、センサーで廊下は明るくなる。

正面の居間へ入って明りを点け、上着をソファに投げ出した。――明日になれば、家政婦が来て片付けてくれる。

キッチンに行くと、コーヒーがいれてあった。むろん冷めているので、カップに注《つ》いで電子レンジで温める。

すると——明りが消えて、真暗になった。

停電か？　珍しい。

手探りで居間の方へ戻ろうとしたが、真暗な中、距離感がつかめないので、あちこちぶつかってしまった。

ケータイはどこだった……。

すると、

「明りは点きません」

と、暗がりの中から声がして、五月は息を呑《の》んだ。

「誰だ？」

「ご心配なく。危害を加えに来たわけではないわ」

女の声だった。

「どうやって入った」

五月は壁に手をついて、何とか玄関の方へ行こうとした。

「五月刑事さん。いえ、今は〈警視〉ね。出世されて」

「どこかで聞いた声だな」

「そうでしょう。——星泉よ」

　五月はハッとした。

「そうだ！　その声だった」

「落ちついて。訊きたいことがあってやって来たの」

「私に？　何だというんだ」

「娘のことよ」

「娘？——ああ、星叶といったかな」

「娘は今、追われているわ。あなたの指示？」

「私がどうして……。いや、全く知らん。君の娘には会ったこともない」

「でも、追われているのは事実よ」

「私は知らんぞ」

「では調べて」

　と、泉は言った。

「何を？」

「誰が、なぜ叶を追っているのか」

「待ってくれ。今の私は——」

「できるはずよ」

　と、泉は強い口調で、「あなたは、それぐらいのこと、してくれてもいいのでは？　私に借りがあるでしょう」

「それは……昔のことだ」

「昔でも、まだ忘れてしまえるほどではないわ」

「しかし、叶君に何かあったのか」

「叶の付合っていた男の子が殺されている。叶に疑いがかかっているわけじゃないけど、どうなっているのか、調べて」

少しして、五月は、

「――やってみよう」

と言った。

「ありがとう」

五月は居間へ何とか入ると、

「君はどうしてたんだ？　今はどこに？」

と訊いた。「――星君。星泉君」

玄関の方で、かすかな音がした。

少しして、明りが点くと、居間には誰もいなかった。

急いで玄関へ向い、廊下へ出た。鍵《かぎ》は開いていた。

もう廊下に人の気配はなかった。

「素早いな」

と呟《つぶや》くと、五月は中へ戻った。

居間のテーブルにケータイがあった。

手に取ると鳴り出したので、びっくりした。

「もしもし」

「五月さん、よろしく」

泉だった。外からかけているのだろう。

「顔を見せてくれないのか」

「いずれ」

と、泉は言った。「どうしても、会うことになると思うわ……」

「ごちそうさま」

と、星叶は言った。「おいしかった！」

正直な感想だった。

「ありがとうございます。お口に合って良かったです」

何だかいつもニコニコしているような、あったかい感じの人だ。「食後にコーヒーでも？」

「お願いします」

「では、リビングの方でお待ち下さい」

「はい。あの……お名前、聞かせてもらっても？」

「まあ、失礼しました」

と、愉《たの》しげに笑って、「小柳美江《こやなぎよしえ》と申します」

「小柳さん……」

「美江と呼んで下さい」

「はい」

なんでも自分でやるくせがついている叶としては、食べたお皿も洗わずに、ソファで寛《くつろ》いでいるなどというのは、却《かえ》って落ちつかないのだが。

美江はすぐにコーヒーを持って来てくれた。

「あ、いい匂い。——私、小さいころからコーヒー飲んでた」

「お母様譲りでしょう」

「そうかしらね……。美江さん」

「はあ」

「この屋敷って、誰のもの？」

「それは、泉様が——」

と言いかけて、「事情は泉様からお聞き下さいね。——ここは仁村元治《にむらもとはる》さまの別宅です」

「仁村？」

どこかで聞いたことがあるような……。

「今、文化庁の長官でいらっしゃいますよ」

「あ、そうか。ニュースで見たんだ」

と、叶は肯《うなず》いてから、「私をここまで車で乗せて来てくれたのが、仁村さん?」

「さようです」

あの駐車場で、叶のことを捜していた男が、車を運転している男の免許証を見て、急にていねいな言葉づかいになったことを、叶は思い出した。

「そうなんだ……」

なぜ、そんな人が私を助けてくれるの?

――ともかく、母に会ったら、山ほど訊《き》くことがある。

しゃべらせるまでは寝ないぞ!

あ……。ケータイ?

忘れていた。バッグから出してみると、電源が切ってある。電源を入れると、着信が何件かあった。清川刑事だ。

何かあったんだろうか。――少し迷ったが、やはり気になる。

清川へかけてみようとしていると、向うからかかって来た。

「星叶君か」

「清川さん? 電話もらってたんですね。電源切ってて」

「つながって良かった。今、自宅か?」

「いいえ。ちょっと事情があって、よそにいます。何かあったんですか？」

「そうか。丸山知浩君の母親に会いに行ったんだが——」

事件を聞いて、叶は愕然《がくぜん》とした。

「でも命は取り止めたんですね？　良かった！」

「それがあまり良くないんだ」

清川が、病院での出来事を話すと、叶はしばし言葉を失った。

「——そこまでやるなんて。一体どういうことなんでしょう？」

「それをこっちが君に訊きたい」

「私だって、さっぱり分りません。丸山君がどうして殺されたのかも含めて、調べてもらえるんですか？」

清川は少し黙っていた。叶が、

「もしもし？」

と呼ぶと、

「どうも、ちょっと妙な風向きなんだ」

と、清川が言った。

「どういう意味ですか？」

「ついさっきのことだ。上司から連絡があって、この件の捜査から外された」

「それって……」

「普通なら、まずないことだ。他に手のかかる事件を抱えてでもいればともかく、そんな件はない」

「つまり、丸山君のことを調べるのを、やめさせようとしてるってことですか」

「そんな気がする。――考え過ぎかもしれないが」

「そんなことないですよ。私も、事件に巻き込まれそうで……」

あのショッピングモールでのことを話すと、清川は、

「聞いてるよ。あそこに居合せたのか」

「清川さん。今、どこにいるかも知らせてあげられないの。分って下さいね」

「君の判断に任せる」

「ありがとう」

「一人、君と話したがってる子がいる」

少し間があって、

「星叶さんですか？」

と、女の子の声だ。「私、丸山緑といいます。知浩の妹です」

「妹さん？　知らなかった」

「看護学校に通っているので、家にいませんから」

でも、妹がいるということぐらい、話してくれていそうなものだ。

「お兄さんはいい人だったわね」

「ええ、本当に……」

「私にも、まだ事情が分らないけど、もしも私のことが原因でお兄さんが亡くなったのだったら、ごめんなさい」

と、叶は言った。

「いいえ、そんなこと……。兄は叶さんのこと、とても好きだったと思います」

「私のこと、何か話してた？」

「詳しいことは聞いていませんけど、『今、星っていう子と付合ってる。とてもいい子なんだ』とだけ言っていました」

「そう……」

「ただ……」

「何か？」

「『とてもいい子なんだ』と言ったときの表情が……」

「何か変ったことが？」

「嬉《うれ》しそうに言うんなら分るんですけど、そう言ったとき、兄はとても辛《つら》そうでした」

「辛そう？」

「辛そうと言うか、気が重いといった様子でした。妙だな、って思ったことを憶《おぼ》えています」

「そう……」

一体、自分の周りで何が起っているのか、叶には見当もつかなかったが、ともかく、何か起っていることは確かだ。

「一度会いましょうね」

と、叶は緑と約束した。「緑さん、いくつ?」

「十七です」

「じゃ、同い年だ。会えるようになったら、必ず連絡するから」

「よろしく」

同じ十七歳と聞いて、向うもホッとしているようだ。

でも――なぜ丸山は妹がいることを黙っていたのだろう?

そして、丸山の母親まで狙おうとした「敵」は誰なのか。

「絶対、やり返してやる!」

通話を切ってから、叶はそう力を込めて言ったのだった。

8　霧のかなた

「あ……寝ちゃった」

叶はソファで目を覚ました。

母、泉が来るというので、ずっと待っている間、ついウトウトしてしまったらしい。

ソファに起き上った叶の上にかけてあった毛布が床に落ちた。——お母さんかしら？

叶は立ち上って、強く頭を振ると、居間を出て、二階へと上って行った。

さっき覗《のぞ》いた主寝室のドアが少し開いていて、明りが洩《も》れている。

叶がそっと覗いて、ドアを開けると——。

「目が覚めたの？」

星泉が立っていた。

「いつ来たの？——帰って来たの、って訊いた方がいい？」

「ここは私の家じゃないわ」

と、泉は微笑んで、「大変だったわね」

「もっと大変なことになってる」

「何かあったの？」

叶が丸山の母親のことを話すと、

「そう」

泉は深刻な表情で、「丸山君っていうお友達は、何か秘密を抱えていたのね」

「彼が？　どうして？」

「いずれ分るでしょう」

泉はそう言って、「ここへ入った？」

「その写真」

と、叶は、泉と男性の写真へ目をやって、

「その男の人、誰？」

「見たのね」

泉は写真を手に取って、「――大切な写真だわ。二人で撮った写真は、これ一枚しか残ってない……」

「お母さん……」

泉はその写真を叶に手渡した。

叶は、しばらく母の視線を受け止めていた。その「眼」が語っていた。

「じゃあ……」

と、叶はやっと言った。「この人が、私のお父さん？」

泉が黙って肯《うなず》いた。叶は続けて、

「それで——死んだの？」

と訊《き》いた。

「分らないわ」

と、泉は首を振った。「行方が分らなくなって——もちろん、もう十五年もたってる。たぶん……きっと生きていないでしょう。でも『死んでる』とは言いたくないの」

「お母さん……」

叶はじっと写真の中の「父」を見ながら、

「何があったの？」

「そうね。話しておかなきゃ」

泉は叶の肩を抱いて、二人で並んでベッドに腰をおろした。

「お母さん」

と、叶は言った。「さっき、ソファで寝てる私に、毛布かけてくれた？」

「ええ。どうして？」

「何となく直感的に思ったの。お母さんかな、って」

「そう」

「どうしてだろう。——何だか、毛布のかけ方が、ずっと昔の、子供のころにお母さんがかけてくれたのと同じだったみたいで……」

「そんな小さいころのこと、憶《おぼ》えてるの？　嬉しいわ」

泉は、並んで座った叶を抱き寄せた。

ああ……。お母さんのぬくもりだ、と叶は思った。

もうずっと前に忘れてしまったと思っていた。この柔らかさ。この温かさ。

でも、叶の体が、憶えているのだ。

「ごめんなさいね、叶」

と、泉は言った。

「お母さん……」

「あなたを巻き込みたくなかったけど、結局こんなことになってしまって」

「どういうことなの？　話して」

泉は肯いて、

「それには、まずあなたのお父さんのことから話さないといけないの。——あなたを産んだとき、私は二十八だった。大学を出た後、外資系の企業に勤めていたの。大学三年のとき、ドイツに留学して、ドイツ語が話せるようになっていたから、二十七のとき、ドイツの本社勤務になったの」

「その写真、ドイツ？」

「ええ、そうよ」

と、泉は懐かしそうに写真を見て、「忙しかったけど、毎日が楽しかった。——そのとき休暇を取って、私はミュンヘンに遊びに行ったの。旧市街の古い街並の中をのんびり歩いてた。そこへ、突然日本語が……」

「待て！」

その声は、泉の背後から飛んで来た。

え？　日本語？　泉は足を止めた。

その男の声は、

「泥棒だ！　そいつを止めてくれ！」

と、聞こえて来た。

泉は振り返った。

石畳の道には、色々な国の観光客が大勢広がっている。そして、その人々を突き飛ばすようにして、コートをはおった男が一人、小さな革のバッグをしっかり抱えて走って来た。

その後から、背広姿の男。――待て、と叫んだ男である。

泥棒、ということは、あのバッグが盗まれたのだろう。

逃げて来たコートの男も日本人らしく思えた。

その男は泉のすぐそばを駆け抜けて行こうとした。泉は反射的に片足を出して、逃げて来た男の足を引っかけてやった。

こんなことができたのも、泉がかつてとんでもない冒険に巻き込まれたせいかもしれない。

コートの男はもののみごとに転倒し、そのとき抱えていた革のバッグは数メートル先に飛んで行った。行き合せた人の足下にバッグは落ち、その人に拾われた。

コートの男は起き上ったが、追って来た男が間近に迫っているのを見ると、一瞬、泉をにらんで駆け出して行った。

追って来た男は足を止めた。バッグを拾ってくれた現地の人に、

「ダンケ・シェーン」

と礼を言って、バッグを受け取った。

そして泉の方を向くと、

「日本の人？」

「ええ。——良かったですね」

「ありがとう。助かったよ」

と、男は息を弾ませて、「ちょっと油断してしまったよ。用心しないとね」

しかし、泉にはあのコートの男が、ただの「かっぱらい」とは思えなかった。

明らかに日本人だったし、泉をにらんだ目が、ただごとでない怒りを含んでいたからだ。何か目的があって、あのバッグを奪おうとしたのではないか。

でも——そんなこと、私には何の関係もないわ、と泉は思った。

「君は観光客ではないようだね」

「こっちの会社に勤めています。今日は休みで、遊びに」

「そうか。――足、大丈夫かい？」

言われてみれば、あのコートの男の足を引っかけてやったとき、泉も足首をけられているのだ。

「少し……痛いです。でも大したことは……」

「いや、放っておいては良くない。僕の知ってる医者がいる。診てもらおう。歩けるかい？」

「ええ、別に……」

大丈夫とは思ったが、泉はその男について行くことにした。

「――僕は木崎徹《きざきとおる》だ。商品の買い付けに来てる」

と、一緒にゆっくり歩きながら言った。

「星泉です」

「たった二文字？　すっきりした、いい名前だな」

そう言って木崎は微笑んだ。

その笑顔が、泉の心に響いた。たぶん、もう四十近いだろうが、笑顔は少年のように可愛い。

後になって考えれば、知り合いだという医者の所までの数分間に、泉は木崎に恋していたようだった。

足首は少し腫《は》れていて、湿布をしてもらった泉は、木崎から誘われるまま、夕食をスペイン料理の店でとった。

「――おいしいワイン」

と、泉は息をついた。「ミュンヘンは、やっぱり大きな町ですね」

木崎は、ミュンヘンの周辺に詳しいようだった。ガイドブックに載っていない城や美術館などを教えてくれて、

「時間があれば、僕が方々案内してあげるんだがね」

「そんな……。お忙しいのに」

泉は、木崎が自分の仕事の話をほとんどしないことに気が付いていた。――ふつう、これくらいの年代の男性なら、まず仕事の話題が出るものだ。

「――ごちそうさまでした」

レストランを出ると、泉は礼を言った。

「ホテルはどこ？　送って行くよ」

「いえ、大丈夫です」

「お礼の気持だ。送らせてくれ」

「分りました。じゃあ……」

もちろん、泉は小さなビジネスマン向けのホテルに泊っていた。

「それじゃ……」

と、ホテルの前で、泉は木崎と握手をして別れた。

これきりかと思うと心残りではあったが、木崎の方でも泉にまた会いたいと思っているなら、電話番号ぐらい教えてくれるだろう。何も言わないのは、泉に関心がないか、それとも知らせない特別の理由があるからだ。

その夜、泉はワインの酔いもあって、ゆっくり眠った。

そして翌朝、朝食にダイニングルームへ下りて行った泉は、木崎がラフなスタイルでテーブルについて手を振って見せているのに気付いて唖然《あぜん》とした。

「――お仕事は？」

と、コーヒーを飲みながら泉が訊《き》くと、

「それが幸い、先方の都合が悪くてね。三日間ポカッと空いたんだ。もし君がいやでなかったら、ガイド役をつとめさせてくれないか」

木崎の話が本当かどうか、泉は疑っていたが、それでも再び木崎の顔を見たときに感じた胸のときめきこそ大切だった。

「お願いします、ぜひ」

と、泉は言った……。

「本当は、休暇、あと二日しかなかったんだけど」

と、泉は言った。「会社へ電話して、一日延ばしてもらったの」

「じゃ、そこでもう……」

と、叶が言った。

「ええ。ミュンヘンの郊外に、丸々三日間一緒にいて、最後の夜には、ホテルの部屋は一つにした」

泉はふっと遠くを見るような目で、「短かったけど、あの三日間が、私たちのハネムーンだったわ」

と言った。

「もしかして……」

と、叶は言った。「そのときに私が……」

「それならドラマチックだけどね」

と、泉は笑って、「そう手っ取り早くはいかなかった。ミュンヘンに戻って、そこで別れたけど、それからはほとんど週末ごとにミュンヘンに列車で行って、会っていたわ。——決して木崎のことをよく知っていたわけじゃないけど、でも信じてた。ただ、きっとこの人は何か隠してる、とは思っていた……」

どうしたんだろう……。

ミュンヘンで列車を降りた泉は、いつも必ずホームに迎えに来てくれている木崎の姿が見えないので、当惑した。

「何かあったのかしら……」

会社で持たされていたケータイで、木崎にかけてみたが、つながらない。

でも、泉だって子供ではない。木崎が何か急な用で来られないことだってあるだろう、と分っていた。

バッグを手に、ホームから駅の出口へ向った。

すると、途中、コートを着た男が泉に危うくぶつかりそうになって、尻《しり》もちをついた。

帽子を深くかぶっているので、顔がよく見えない。

「エクスキューズミー」

と、英語で言って、泉はその男を立たせようとしたが――。

「あ――」

「知らないふりを」

木崎だった。「売店の裏に」

とだけ言って、急ぎ足で行ってしまう。

泉は一瞬呆然《ぼうぜん》としていたが、いつまでもぐずぐずしてはいない。

「売店の裏に」

と、木崎は言った。

どの売店のことだろう？　駅の中だけでも、売店はいくつもある。

泉は考えた。木崎がああ言ったのは、泉が「売店」だけで分ると思ったからだろう。

ということは――この駅の中とは限らない。

「そうか……」

いつも泉の泊るホテルの近くに、小さな雑貨を売る店がある。飲物やドーナツなども置いているので、二人は時々そこで朝食用のドーナツを買っていた。

売店の裏……。

ともかく、泉は駅を出た。

そのとき、突然男が一人、泉のそばへピタリと寄って、

「おとなしくしてろ」

と、小声で言った。「けがをするぞ」

脇腹に固いものが押し当てられた。

チラッと振り向いて、泉はそれが木崎のバッグを奪おうとした男だと気付いた。

「黙って歩け」

泉は周囲を見回した。――まだ昼間で、人は大勢いる。

こんなに人目のあるところで撃たないだろう。

そう心を決めると――泉はいきなりアスファルトの路面に転った。

「何するのよ！」

と起き上って、通りかかったドイツ人たちへ、「この人が突き飛ばしたの！」

と、ドイツ語で訴えた。

たちまち人だかりができる。その男は悔しげに泉をにらんで、近くの野次馬を押しのけるようにして、行ってしまった。

泉は素早く通りを駆け抜けて、路面電車に乗った。

——やはり何かあるんだ。

「売店の裏」という言葉を頼りに、泉はとりあえず、いつも泊るホテルへ向った。

しかし、さっきの男が泉をどこかへ連れて行こうとしたということは、泉の身許《みもと》も知っているということだろう。それなら、泊っているホテルも分っていると思った方がいい。

ホテルで、さっきの男か、その仲間が待っているかもしれない。

泉は、路面電車を、一つ手前の停留所で降りた。

ホテルの裏手に出るように、道を選んで歩いて行く。

見張っているらしい人間はいなかった。

あの「売店」の前に出る。いつもの白髪の女性が座っていた。

ともかく、何か買おうと見ていると、そのドイツ人の女性が、

「裏で」

と、日本語で言ったのである。「裏に行って」

「はい……」

泉は売店の脇の狭い隙間をすり抜けて、裏へ出た。路地と言うにも狭い、建物の間の隙間である。そこを抜けると、建物に囲まれた、小さな中庭風の空間があった。

ベンチに、木崎が座っていた。

「大丈夫だったかい？」

と、立ち上って泉にキスすると、「やはり分ってくれたね」

「無事でもないわ」

泉が駅前での出来事を話すと、木崎の表情が厳しくなった。

「そうだったのか……」

「あなたのバッグを奪おうとした男よ。間違いない」

木崎はベンチに並んで座ると、泉の肩を抱いて、

「すまない」

と言った。「こんなことになるとは……」

「謝らなくていいわ」

と、泉は言った。「今は時間が大事でしょ。くよくよしてるのは時間のむだ。それに、あなたが何か隠してることは気付いてた」

「泉……」

「あなたはスパイ？　でも、スパイにしちゃ正直過ぎるわ。思ってることが顔に出る」

木崎は苦笑して、

「君にはびっくりさせられるよ」

「もっとびっくりさせてあげましょうか。私、高校生のころ、やくざの組長だったのよ」

「何だって？」

「命がけの戦いもやったわ。少々のことじゃびくともしない。だから、あなたが何かしてほしいことがあったら、何でも言って」

木崎は唖然《あぜん》としていたが、

「――僕が惚《ほ》れただけのことはある」

と言った。「しかし、本当は君を巻き込みたくなかった。勝手を言うようだが……」

「勝手ね。これだけ大っぴらに会ってて、誰かの目を避けられるとでも思ったの？」

「まあ……。確かに」

と、木崎は肯《うなず》いて、「だが、それだけ僕は君に夢中だったんだ」

泉はちょっと笑って、

「どこか抜けてるのね。そこが可愛い」

「かなわないな」

「今、どういう状況なの？」

「一口じゃ言えないが……」

「一口で言って。一緒にいた方がいい？　別々に？　ミュンヘンから脱出する？　それともどこかに潜伏するか」

「そうだな……。別々に姿を消した方がいいだろう」

「分ったわ。どこへ行く？」

「泉……。君は日本へ帰った方がいい」

「どういうこと？」

「ドイツにいる限り、大丈夫だと思うが、ヨーロッパの中はどこも行き来できる。誘拐されたら、地中海を渡ってアフリカだってすぐだ。そうなったら、とても捜せない」

「あなた……。何をしてるの？　密輸？」

「違う。犯罪じゃないんだ。むしろ、罪を暴こうとしている」

「罪を暴く？　誰の？」

木崎は少し間を置いて言った。

「日本の」


「――それ、どういうこと？」

と、叶は言った。

「うん。つまりね――」

と、泉が言いかけたとき、寝室のドアがノックされて、

「起きてらっしゃいますか？」

と、小柳美江の声がした。

「はい」

泉は立って行ってドアを開けた。

「あ、お二人ともこちらで」

と、美江は言った。「お邪魔してどうも……」

「いいの。何かあった？」

「車が来ます」

「車？　ここへ？」

「他に行く所もございませんし」

「そうね。ありがとう」

話している間にも、表に車の音がした。

「私が出ましょう」

と、美江が言って、階段を下りかけると、チャイムが鳴った。

それを聞いて、美江は微笑んで、

「あら。――仁村様ですよ、あの鳴らし方は」

「まあ、こんな時間に……。叶、来て」

と、泉が手招きする。

「仁村さんって、この家の――」

「そう。ここの持主。今、文化庁長官の仁村元治さん」

美江が玄関を開けて、

「お帰りなさいませ」

「遅くなった。――いるかい？」

「今、お二階から」

泉と叶が階段を下りて行くと、

「やあ、無事で良かった」

叶は、ここへ来るまで送ってくれた当人が立っているのを見た。

「体を休めたかい？」

「はい。すみません、ぐっすり眠ってて、どうやって中に入ったのか……」

「いいんだ。泉君、話したのかね？」

「途中までです」

「じゃ、すまないがコーヒーを頼む」

仁村は居間へ入った。

六十を過ぎているはずだが、若々しい。

泉と叶も居間へ入った。

「仁村さん」

と、泉が言った。「何かあったんでしょうか？　叶の友達が――」

「丸山知浩君だね」

「ご存じなんですか？」

と、叶は訊《き》いた。

「まあ座って」

三人がソファに落ちつく。

「お母さん」

と、叶が言った。「どうして仁村さんのこと、知ってるの？」

「仁村さんはね、あなたのお父さんのお兄さんなのよ」

「え？」

と、目を丸くする。

「姓が違うから、分らないけど。以前、仁村さんは外交官だったの」

と、泉は言った。「ちょうど、あの時に……」

「君は詳しいことを知らない方がいい」

と、木崎は言った。「知れば危険も増すからね」

「今さら何よ」

と、泉は苦笑して、「もうとっくに危ない目に遭ってるわ」

「そうだな。——すまない」

と、木崎はため息をついた。

「もう謝らないで」

と言うと、泉は木崎にキスした。「私は自分であなたを選んだの。後悔しないわ」

「君は強い人だな」

「今ごろ分った？」

木崎は笑って、

「いや、こんなときに笑えるとは思わなかったよ」

と言った。

そのとき、木崎のポケットで、ケータイが二度鳴って止った。

「逃げよう」

と、木崎は立ち上って、「危険という合図だ」

二人は手をつないで、駆け出した。

中庭から、どこかの家の中へ入るようなドアがあり、そこを開けると、細い通路だった。

「ここ、外なの？」

「一見、家のドアみたいだろ？　ここを抜けると河べりに出る」

駆けて行くと、とたんに視界が開けて、幅の広い河が目の前を流れていた。

細い橋がかかっていて、二人はそれを渡った。

「河の向うは旧市街だ」

「何となく分るわ。どの辺りにいるか」

旧市街は、狭い石畳の道が方々へ曲りくねって、観光客も大勢歩いている。

「そうだ」

と、木崎は足を止めて、「あいつがいる。君のことを頼もう」

「誰のこと？」

「あいつは信用できる。君を連れて行くよ」

「どこまで？」

「ベルリンだ」

泉は首を振って、

「危険だわ。二人でいたら目につく。どこへ行けばいいの？　教えて」

「だが――」

「自分の身は自分で守るわ。今は二人が逃げのびることだわ」

「君は……」

「無鉄砲？　言われ慣れてる」

「分った。じゃ、ともかく長距離バスに君を乗せる。僕はそこから別の方へ向かう」

「そうしましょ。ベルリンのどこへ行けばいいの？」

「日本大使館だ」

と、木崎は言った。「仁村元治という男に会うんだ。連絡しておく。彼が君を守ってくれるよ。そして日本へ出国させてくれるだろう」

木崎は手帳に電話番号をメモして、そのページを破り、泉に渡した。

「大使館の近くから、この男に電話してくれ」

「分ったわ」

泉はメモを折りたたむと、「急ぎましょう」

と、木崎を促した。

そして──泉は迷っていた。

本当は、今日木崎に会ったら話すつもりでいたのだが、あまりに思いがけない出来事が続いた。

これから、二人は逃げなければならないらしい。そんな中で、木崎に話すべきだろうか。

二人は、長距離バスのターミナルまで、ほとんど無言で歩き続けた。

なぜ木崎が狙われているのか、木崎は何をしようとしていたのか。

その話をしたかったが、周囲に気を配りながら急ぎ足で歩いているときに、そんな話はできない。

ターミナルに着くと、大型のバスが停っていた。

「まさか……」

と、泉は呟《つぶや》いた。

こんなことって……。

「ちょうど良かった」

と、木崎は言った。「ベルリンへ行くバスだ。待っててくれ。切符を買って来る」

「でも――」

「バスが出そうになったら、今切符を買いに行ってるから待ってくれ、と言うんだよ」

木崎が駆けて行くのを、泉は止められなかった。実際、バスにはもう何人か乗客が乗り込んでいて、エンジンもかかっていた。

木崎が駆けて来て、

「さ、これがベルリンまでの切符だ」

と、泉に手渡す。「早く乗って」

「あなたは？」

「とりあえず、スイスへ向おうと思ってる」

「スイス？　スイスのどこ？」

「まだ分らないけど、何人か友人もいるから安全だ」

「それじゃ、連絡は？」

「僕の方から連絡するよ」

そのとき、バスが車体を細かく震わせた。

「さあ、早く乗って」

「分ったわ」

泉はもう一度、素早く木崎にキスすると、バスへと乗り込んだ。

座席は半分くらい埋っている。そして、泉が乗ると、座席につかない内に、扉が閉り、バスは動き出したのである。

泉はあわてて空いている席に座ると、残る木崎へと手を振った。

木崎はどこかホッとしたような表情で、泉に手を振り返していた。

またね。――気を付けて。

泉は口を大きく開けて、声を出さずに言った。きっと木崎には分ってもらえただろう。

ターミナルを出たバスが、大きくカーブしてスピードを上げる。

見送っていた木崎の姿が、たちまち遠くなり、見えなくなった。

席に座ると、泉はすぐに後悔した。――どうして言わなかったんだろう。

たったひと言、言うだけだったのに。

「私、お腹に赤ちゃんがいるの」

と……。

でも――言わなくて良かったのかもしれない。そう聞いたら、きっと木崎はこのバスで一緒にベルリンまでついて来ただろう。

今は、木崎をできるだけ自由にさせることだ。泉のことを心配せずにいられるようにすることだ……。

そうだ。自分のことは自分で引き受ける。泉は改めてその決意を、自分に向かって確かめていた。

9　秘密の任務

「何よ、もう……」

口を尖《とが》らして呟いたのは、川崎良美である。

「部長のことを、何だと思ってるのよ！」

相手のいない所で文句を言っても仕方ないが。

「今の一年生って、本当に……」

川崎良美はパソコンの画面を見ながら、「どうしよう……。私一人じゃ……」

〈演劇愛好会〉の部長である良美には、他の高校の演劇部から、ちょくちょく〈ご招待〉が来る。

それだけではない。良美の父はTV局の幹部社員で、その関係でプロの劇団からも公演の案内が来るのだ。

ちょうど今、良美は来週の公演に「ぜひおいで下さい」というメールを受け取ったところである。

良美は前にもここの公演を見に行ったことがあって、そこの顧問の役者がいい男なのですっかり気に入っていた。

またあの人に会える！

良美は、一年生を連れて行こうとメールを送った。何人か連れて行けば、向こうは喜ぶ。

二年生の星叶と山中杏は、苦手なので、誘わなかった。

一年生なら、部長が誘えばやって来るだろうと思ったのだ。

ところが――森田アンナは、〈すみません！　今、沖縄にいるので〉と言って来るし、池上小夜は〈劇団Sのワークショップに参加しています〉と来た。

「生意気だわ！」

と、ついグチを言っている、というわけだった。

仕方ない。二年生を誘うか。それとも、一人で行くか。

迷っていたが、案内のメールに、〈よろしければ、終演後のパーティにもご出席下さい〉とあるのを読んで、決めた。

「私一人で行くわ」

連れて行けば、星叶は可愛くて目立つ。良美の影が薄くなってしまうだろう。

良美は、メールで、〈喜んで伺います。他の部員はあいにく都合がつきませんので、私一人で……〉と返信した。

「これでよし、と。――何を着て行こうかな」

と、早くも服の心配を始めていると、またメールが来た。

何だろう？　メールを読んで、びっくりした。

〈川崎良美様
早速のご返事、ありがとうございました。当劇団顧問の松原《まつばら》に伝えましたところ、大変喜んでおります。

つきましては、突然のお願いで恐縮でございますが、明晩、もしご都合よろしければ松原がお目にかかってご相談したいことがあるとのことでございます。

お返事をいただければ幸いです。

劇団〈N〉代田《だいだ》のぞみ〉

松原悠司《ゆうじ》。――良美があこがれている当人である。

その松原が「ご相談したい」って？　高校生の私に？

いたずらかしら、と思った。――しかし、メールのアドレスなど、おかしなところはない。

どんなことか分らないが、ともかく、断る手はない！

良美はすぐに〈喜んで伺います〉と、返事を送った。念のため、ケータイの番号を書き添えた。

こうなると、他の一年生、二年生は必要ない。松原は良美に会いたいと言って来ているのだから。

するとすぐにケータイが鳴った。

「まさか……」

と呟《つぶや》きつつ出ると、

「劇団〈N〉の代田と申します」

と、若い女性の声がした。

「あ……。どうも」

「川崎良美様でいらっしゃいますか」

「そうです。あの……」

「明日、よろしくお願いいたします。よろしければお食事をご一緒に、と松原が申しておりますが」

これって夢じゃないの？――良美は、明日の夜七時に迎えに来てくれると言われて、あわててメモを取った。

そして、そのメモが葉っぱにでも変らないかと確かめるように、何度も見直した。

そして、また「何着て行こう？」と、悩み始めたのだった。

広い庭のある、洋館風のレストランである。

良美も、父や母と高級なレストランへ行くことはあるが、ここは何だか別格という感じだった。

「個室になってるんですよ、全部」

と、案内してくれる代田のぞみが言った。

スーツを着たスラリとした美人の代田のぞみは、およそ良美の知っている「劇団の事務員」という感じではなかった。

「あの……」

と、良美はおずおずと、「私に、どんなご用が……」

「それは、松原よりじかにお聞き下さいな」

と、代田のぞみは言って、「——さ、こちらです」

と、ドアの一つを開けた。

「まだ少し時間がありますね。中でお待ち下さい」

良美は、目一杯お洒落《しやれ》していた。

迎えの車は、道が空《す》いていたこともあって、ずいぶん早く着いてしまっていたのである。

「——では、ここで待たせていただきます」

「どうぞ、ごゆっくり」

代田のぞみが出て行ってしまうと、良美は一人になって少しホッとした。

テーブルには三人分のセッティングがしてある。松原の他に誰か来るんだろうか？

「ああ……」

じっと座っていられなくて、ついウロウロと、個室の中を歩き回ってしまう。

そして、数分たったころだろうか、軽いノックの音がして、

「――失礼」

と入って来たのは、確かに松原だった。

「あ……。どうも」

良美はもう声も上ずってしまう。

「川崎良美さんですね」

「はい、華見岳女子高校の川崎良美と申します！」

「松原です。どうぞかけて」

「はあ……」

「もう一人客があるのでね。少し待っていただいても？」

「もちろん！　どなたが？」

「それは、みえてから……」

待つほどもなく、代田のぞみの声がして、

「おみえでございます」

と、ドアが開く。

「やあ、どうも」

「はあ……」

どこかで見たような人だ、とは思ったが……。でも、どう見ても六十過ぎの、こんな年代の人に知り合いはいないし。

「君も知っているだろう」

と、松原が言った。「劇作家の富山佑一郎《とやまゆういちろう》先生だ」

「あ……」

そういわれて初めて気が付いた。――写真では何度も見ているが、実物を見たことはない。

劇作家としてよりも、演出家として、正に「長老」とでも言うべき存在だった。

「失礼しました。あの――いつも演出された舞台を拝見しています」

と言いながら、良美は「この人の舞台、どれだっけ？」と、必死で考えていた。

「どの舞台が好きか？」

などと訊《き》かれたらどうしよう！

そういう点、部長とはいっても、そんなに演劇に詳しいわけではない良美は、作者や演出家など、見るそばから忘れて行く。

星叶の方が、よほど詳しい。

「まあ、そう硬くならずに」

と、富山佑一郎は笑って、「さあ、座って。食事しながら話そう」

「はあ……」

それにしても、こんな人が、一高校生に会ってどうしようというのだろう?

ともかく、さっぱり何の説明もないまま、良美は大人二人と食事することになったのだった。

フォアグラだのキャビアだのを前菜で口にしていると、

「やはりいい家のお嬢さんだね」

と、富山が言った。「こういう店にも慣れているんだろ?」

「いえ、そういうわけでも……。時々、家族と来ることは……」

「やはりね。——松原君、こういう子が今の我々には必要なんだよ」

「全くです」

良美はさっぱり分らなかった。

メインの肉料理を食べ終えると、

「さて」

と、富山は言った。「今日、わざわざ来てもらったのはね……」

「はあ」

「毎年開かれている、〈高校演劇祭〉、君も知っているだろう?」

「はい、もちろん」

高校演劇の、全国的なイベントである。良美たちの高校も参加している。

「その優秀校を選ぶ選考会は、私のような演出家を始め、評論家、作家など十一名で構成されている」

「存じています」

「そうだろう」

と、富山は肯《うなず》いて、「ただ、問題は、そのメンバーが高齢化しているということなんだ」

「はあ……」

「平均したら六十代じゃないかな。――むろん、ある程度の経験は必要だが、テーマについては……。今の若い世代にとって、何が問題なのか、どこがどう苦しいことなのか、年寄りには分らないんだよ」

「そうですか」

「そこでだ」

と、富山は座り直して、「選考会に、ぜひ若い人にも加わってもらおうということになった。――それで、私としては、ぜひ君を推薦したいと思ってるんだ」

「は……」

良美は啞然《あぜん》とした。――どうして私に？

「いや、びっくりするのも無理はない」

と、富山は言った。「しかし、これは色々情報を集めたうえで決めたことなんだ。君は充分に選考委員をつとめる資格を持っている」

「そうだとも。君の公平な鑑賞眼は、選考会にとって有益だと思うよ」

良美は頰が熱く紅潮するのを感じた。――これは冗談じゃないんだ！

「引き受けてもらえるかね」

と、富山は言った。「これはまだ正式の依頼ではないが、私が推せば、まず間違いなく実現する」

「喜んで……お受けします」

良美の声は少し震えていた。

「ありがたい！　では改めて連絡するからね」

と、富山は言った。

「かしこまりました！」

良美は、その後のデザートの味など、全く分らなかった……。

そして――夢見心地の良美が先にレストランを出て行くと、富山と松原は顔を見合せて、ちょっと笑った。

「何とも、単純な子だな」

と、富山が言った。「すっかり真に受けている」

「選考委員になれるなら、何でもやりますよ、あの子なら」

「うん。――君が星叶と親しいと分ったので、残念ながら、と言ってやれば……」

「そう……でしょうか」

「星叶を心底憎むでしょう」

「星叶を殺してやりたいと思うか」

「そう思ってもふしぎではありません」

「まあ待て」

と、富山は言った。「星叶をエサにして、星泉をつり上げる。そうできれば最高だ」

「文化庁も文句は言えないでしょう」

「ともかく、あの娘は使えそうだ」

と言うと、富山はニヤリと笑った。


少し酔っていた。

清川は、もう一軒寄ろうか、どうしようかと迷って夜の道を歩いていた。

「どうせ暇だ……」

と呟《つぶや》く。

回された事件は、およそ「捜査」する必要のない万引き事件で、犯人は店の人間がとっくに捕まえていて、当人も認めている。

一体自分が何をすればいいのか、清川はさっぱり分らなかった。

これは何かの「処分」なのか？　覚えはなかったが、そうとしか思えない。

「お前、何か上役に嫌われるようなことをやったんじゃないのか？」

と、同僚に言われたりしている。

「早くも窓際かな……」

と、半ばやけ気味に呟いて、居酒屋の光にフラフラと寄って行こうとした。

肩を叩《たた》かれ、振り向くと――。

どこかで見たことのあるような顔だった。

「どなた？」

「清川君というのは君か」

「ええ。――あんたは？」

「五月だ。五月警視」

「あ……」

一気に酔いがさめる。「失礼いたしました！」

「いや、いいんだ。直接話したことはなかったろう？」

穏やかな紳士。――五月政広のことは、清川もＴＶの会見などの映像で見知っていた。

「はあ。おそらく……」

「公務じゃないが、ちょっと話がある。付合ってくれるか」

「はあ」

「もう少し静かな所でね」

と、五月は言った。

清川が連れて行かれたのは、会員制のクラブで、むろん五月がメンバーなのだ。

「コーヒーを二つ」

と、五月は注文して、「君も、今はアルコールを控えてくれ」

「はい……」

個室に入ると、すぐに五月が訊いた。

「星叶を知っているか」

「星叶というと……高校生ですか」

「そうだ。知ってるね」

「はい。ちょっと調べていたことがありまして」

「そのことを聞きたい。話してくれ」

「ただ、その担当からは外れたのですが」

「知っている。だからこうして内密に話をしているんだ」

「分りました」

清川は、丸山知浩が車にはねられたこと、それを故意の殺人だと言っていた証人が話を翻したことから、丸山の母親が殺されかけたこと、病院での出来事まで、詳しく話をした。

「――そうか」

ひと通り聞いて、五月は肯くと、「君は明らかに事件から遠ざけられたんだな」

「だと思いますが、上の命令には従わないと……」

「そうだな。それで酔っていたのか？」

「いえ、まあ……。警視殿はなぜその話を？」

「その呼び方はやめてくれ。今はプライベートだ。五月、でいい」

「はあ」

「昔の知り合いに頼まれてね。それに、殺人事件をもみ消すなど、とんでもない」

五月は少し厳しい口調になって、「時間があるのなら、私の力になってくれるか」

「何をしろとおっしゃるんで？」

「丸山知浩の母親と会ってみたい。一緒に行ってくれるか」

「今からですか？」

「そうだ。これは公務じゃない。あくまで個人的なお見舞だ」

「――分りました」

ともかく、清川はコーヒーを飲んで、酔いをさますことにした。

それにしても、なぜ五月警視が……。

「昔の知り合い」とは誰だろう、と清川は考えていた。

話が通っていたのだろう、五月と清川は病院の〈夜間通用口〉からすぐ中へ入れてもらえた。

「同じ病室の方が、もうおやすみになっていますので……」

と、看護師が言った。「お話は長くなりますか」

「そうですな」

五月は少し考えて、「あまり他人の耳には入れたくない話でね」

「では、病室の外でお話し下さい。お部屋を用意します」

四人部屋の表で待っていると、丸山恭子がガウンをはおった姿で、車椅子で現われた。

「あ……」

と、清川を見て、「刑事さんですね」

「ええ。その後、大丈夫ですか？」

「はあ……」

恭子は曖昧《あいまい》に言って、「私に何か……」

ともかく、ナースステーションの奥に入って、仕切られたスペースで、五月、清川と丸山恭子の三人になった。

「五月といいます」

と、挨拶《あいさつ》して、「清川から事情は聞きました」

「何と言われても、私は――」

「分ります」

と、五月は肯《うなず》いて、「しかし、誰の指図にせよ、あなたの命を危険にさらしてはおけません」

「でも……」

恭子は硬い表情を変えなかった。

「お気持は分ります」

と、清川が言った。「緑さんの身に何かあっては、とご心配ですね」

「娘は関係ありません！」

と、恭子が叫ぶように言った。

すると、

「関係あるわよ、お母さん」

と、声がして、丸山緑が立っていた。

「緑……。どうして？」

「すみません」

と、清川が言った。「僕が連絡しまして」

「お母さん、殺されかけたのよ。私と関係ないなんて言わないで」

と、緑は母のそばに膝《ひざ》をついた。「私、もう子供じゃないわ。自分がどうすればいいかよく分ってる」

「でも……知浩がいなくなって、お前にまで何かあったら、母さんは……」

「ご心配なく」

と、五月が言った。「娘さんのことは、必ず守ります」

五月は清川の方へ、

「清川君、君がこの緑さんの身を守ってやってくれ」

と言った。

「はい、必ず」

「お母さん」

緑は、車椅子の肘《ひじ》かけに置かれた恭子の手に、自分の手を重ねた。「兄さんがなぜ死んだのか、本当のことが知りたい」

恭子の体から、フッとこわばりが消えた。そして、わずかに笑みを浮かべると、

「お前も大人になったのね」

と言った。

そして、五月の方へと向き直ると、

「知浩は殺されたのでしょうか」

「その可能性があります」

「もしそうなら……。星叶という子と係《かかわ》りがあるはずです。私を襲った犯人たちが、口にしていました」

と、恭子は言った。

10　帰国

飛行機が少し高度を下げて、機体が揺れた。
泉は目を覚まして、
「眠ってたんだ……」
と呟《つぶや》いた。
機内のディスプレイに、〈目的地まであと2時間〉と出ていた。
もう少しで、日本に着く。
ホッとした気分と同時に、ドイツにまだいるだろう木崎との距離を感じて寂しくなる。
でも、今は泉が無事でいることを、木崎は何より喜んでくれるだろう。特に――泉は
そっと自分のお腹に手を当てた――もう一つの命がここに宿っているのだから。
ちょうど朝食になった。泉は、お腹の子のためにも、しっかり食べようと思った。
機内食は、大味なことが多いが、安堵《あんど》した気分のせいもあるのか、朝食はおいしく、
泉はパンを追加してもらったりした。
食事が済んで片付けられると、じきに着陸態勢に入った。

――日本に着いたら、やらなければならないことが色々ある。

まず、木崎が「あいつは信用できる」と言っていた、仁村元治に会うことだ。

泉はベルリンで日本大使館へ連絡したが、仁村は仕事で日本に帰っていたのである。

それでも、日本での連絡先を聞いて、何とか話をすることができた。

仁村は木崎から泉のことを聞いていたようで、すぐにドイツを出る手続をして、この飛行機も押えてくれたのである。

一方、泉としては勤め先に断りなく出て来てしまったので、どう説明したものか。

そして、ミュンヘンで泉たちを狙って来た男たちが、どういう立場なのか、日本でも、同様の危険があるのか……。

木崎の身も心配だったが、今は泉自身が安全でいることが、木崎にとって何より大切だろう。

機体がさらに降下した。

成田《なりた》には穏やかに着地して、泉はホッとした。飛行機にはずいぶん慣れたが、それでも離着陸のときだけは緊張する。

ターミナルへと移動して、やっと席を立つ。

ほとんど何の荷物もないので、入国の手続をすると、そのまま出口へと向った。

身分証と共に、パスポートを持ち歩いていたことが役に立った。海外では、いつパスポートの提示を求められるか分らないのだ。

出口を出ると、色々な出迎えの人が並んでいる。もちろん泉には誰も来ているはずがないので、そのまま電車への乗換口に向おうとしたが、

「お帰り！」

突然、駆け寄ってきた男がいた。

泉は面食らって、男に抱きしめられていた。

男は、泉の耳もとで、

「僕は仁村だ」

と囁《ささや》いた。

泉も電話で聞いた声だと分った。小さく肯《うなず》く。

「さあ、行こう！　会いたかったよ」

仁村は恋人を出迎えたという口調で言うと、泉の肩をしっかりと抱いて歩き出した。

「あの……」

と、泉が言いかけると、

「このまま」

と、仁村が小声で言った。「ともかく車があるから、そこまでは訊《き》かないでくれ」

泉も余計なことを言う場合でないと分っていた。仁村は誰かの目をごまかそうとしていたのだ。

駐車場へ入り、車に乗ると、

「いや、ごめん。びっくりしたろう？」

と、仁村が言った。「疲れてるだろう。後ろの席で横になってもいいよ」

「いえ、大丈夫です」

泉は助手席にかけて、「星泉です」

と言った。

「一人旅の女性客を見張ってる人間がいるかもしれなかったんでね」

と、仁村が車のエンジンをかけて、「いきなり抱きついて悪かった」

「いえ、とんでもない」

車が走り出す。泉は少し座席のリクライニングを倒して、

「ご迷惑かけてすみません。大使館にお勤めなのに、大丈夫なんですか？」

「心配しなくていいよ。別に外務大臣ってわけでもないしね」

仁村は木崎より少し年上に見えたが、話し方などがどこか似ている感じがした。

「君のことは弟から聞いてる」

と言われて、びっくりした。

「弟？」

と、思わず訊き返す。

「何だ、聞いてなかったのか」

「木崎さんが、仁村さんの弟なんですか」

「腹違いのね。姓は違ってるが、兄弟さ」

「そうですか……」

似た印象があるのは当然かもしれない。

「詳しい話は聞いてないんだが、すぐに話せるかい？　少し休んでからにするか」

気をつかってくれることが嬉《うれ》しい。

「気分的には大丈夫なんですけど」

と、泉は言った。「ただ——私、妊娠してるんです」

今度は仁村がびっくりする番だった。

「そうなのか！　あいつは知ってるの？」

「いいえ、話していません。突然のことでしたし、余計な心配をかけたくなくて」

「ちっとも余計なんかじゃないよ。——そうだったのか」

仁村は、しばらく黙って車を走らせていたが、

「とてもしっかりした彼女だ、と言って来てたが、本当だね」

と、しばらくして言った。「僕が君を守ろう。君のお腹にいる子もね」

「ありがとうございます」

泉は思いがけず涙がにじんだ。安堵の思いで、張りつめていた気持が少し緩んだのかもしれない。

「じゃ、少し休みたまえ」

と、仁村は言った。「都内のホテルを、僕の名前で取ってある。夜まで休むといい。仕事の帰りに寄るから、ゆっくり話そう」

「分りました」

この人には頼っても大丈夫、と泉は直感的に思った。

「一つ、教えて下さい」

「何だね？」

「今、木崎さんはどこにいるんですか？」

「さあ……。あいつは一人で飛び回ってるからな。スイスのどこかだろう」

スイス……。木崎もそう言っていたが。

「スイスなら安全なんですか？」

「それは分らないが、友人が何人かいる。匿《かくま》ってもらえるだろう」

「そうですか……」

仁村はチラッと泉を見ると、

「君、木崎がなぜ狙われているか、その事情を聞いたかね」

「いえ、聞く時間がありませんでした」

仁村は肯いて、

「じゃあ、それも今夜話してあげよう」

と言った。

「お願いします」

泉は小さく頭を下げた。


「木崎はもともとエンジニアだったんだ」

と、仁村は言った。「T工業という、君も知っているだろう？　大企業に勤めていた」

――ホテルでゆっくり休んだ泉は、夜、仁村と食事をして、静かなバーの隅の席に移っていた。

「今は辞めているということですか」

と、泉は訊いた。

「そうだ。もう……三年前になるかな」

と、仁村はグラスを手にして、「木崎が仕事帰りの僕に話があると言って来た。会ってびっくりした。それまでも、色々相談にのったりしたことはあったが、いつもと全く様子が違う。ひどく悩んでいるのがひと目で分った。どうしたんだ、と訊くと――」

「兄さん」

と、木崎は言った。「知ってるだろ、うちの社が中東に化学プラントを納める契約を結んだこと」

「ああ、もちろんんだ。大プロジェクトだからな」

「極秘だったが、あの設計に、僕も参加していたんだ」

「そうか。ずいぶん忙しそうにしていたものな」

「もちろん、社員が何百人もあのプラントに係《かかわ》ってた。僕は、やりがいのある仕事だと思って、頑張ってた。——兄さんは聞いてたかい？　あの受注を巡って、噂が流れてたのを」

「うん」

「そうか。——社員の僕が知らなかっただけなんだな」

「他にドイツやイギリスも受注しようと争ってたろう？　日本のT工業が受注したのには、大金が動いたという噂があった」

「それも知らずに、設計に打ち込んだんだ。そして——とんでもないことになった」

「というと？」

「最終チェックの段階で、計算ミスから事故を起こす可能性があることが分ったんだ」

「大事故なのか？」

「そこなんだ、問題は」

と、木崎は言った。「初めは、小さな改修で済むと思った。ところが、部品の発注書を見てびっくりした。細かい部品のいくつかが、指定した物より安い、耐久性の低い物に変更されてたんだ」

「ミスじゃなかったのか」

「そうじゃない。調べると、最終段階で上からそういう指示があったと分った」

「なるほどな」

「それでは、万一事故が起こったとき、方々が破損して大事故になるおそれがある。僕は上司へそのことを訴えた」

　仁村には、その結果が容易に想像できた。

「聞く耳は持たないってわけだな」

「ああ。しかも、その件については絶対口外するなと言われた。――しかし、設計した人間として、事故が起こったらどうするのか、黙ってはいられなかった」

「それで……」

「突然、異動になった。それも九州《きゅうしゅう》のプラントの保守点検だ」

「そうか」

「おそらく、受注するために使った金の分を、工費から浮かせなきゃいけなかったんだろうな」

「よくある話だ」

「だけど、事故が起きたら、大変な被害になるだろう。人命の問題だよ」

「徹……」

「僕は辞めることにした。辞めれば、会社を告発できる」

「しかし――」

「分ってるよ。どうすれば取り上げてくれるか、それは分らない。でも、何かしなくちゃいけないんだ」

「用心しろよ。危ない目にあうかもしれないぞ」

「——木崎は、決心していた」

と、仁村は言った。「僕はただの公務員だし、木崎のような度胸はない。危ないからやめろ、と言ってやったが……。君から見れば情ない奴と思われるだろうね」

「いえ、そんな……」

と、泉は言った。「でも、なぜ木崎さんはドイツへ？」

「問題の金の受け渡しが、ドイツで行われたらしいんだ。確かに日本じゃ目につくだろうしね。木崎がどこでその情報を仕入れたのかは分らない。だが、『確かな筋からだ』と言っていたよ」

「じゃあ……きっと木崎さんは何か証拠になるものを手に入れたんですね」

泉は、ミュンヘンでの木崎との出会いを話した。「木崎さんのバッグを奪おうとしたのは、間違いなくそのためでしょう」

「そうだろう。しかし——危ないことだな」

「本当に木崎さんの命を狙ってるんでしょうか」

「うん。ヨーロッパで事件が起っても、それと問題のプラント受注の件を結びつけて考える人間はいないだろう」

「誰かに雇われた連中ですか」

「そうだろうな。君まで巻き込んでしまって、すまない」

「私は自分で選んだ道ですから。──木崎さんはなぜヨーロッパから戻らないんでしょう？」

「それは──たぶん、日本のマスコミでは取り上げてもらえないと分っているからだ。むしろ、海外のネットワークを利用して、先に外国で報道させたいんだろう」

「そういうことですか」

泉は肯《うなず》いた。

泉はアイスティーを飲んでいた。しばらく黙って考え込んでいたが、

「──あの連中は私のことも知っています。でも、公安警察のような公的機関の人間じゃないんですね」

「それはそうだ。むしろ、警察などに知られたくないだろうな」

「分りました。──これからどうしたらいいでしょう？」

「君は自分の身を心配していてくれ。特にお腹に木崎の子がいるとなれば、なおさら無理はできない」

「木崎さんからの連絡を待つしかない、ということですか」

「今のところはね。むろん、僕もできるだけのことはする。しかし、近々またベルリン

へ戻らなきゃならない」

「木崎さんを守ってあげて下さい」

と、泉は言った。「私は大丈夫です」

「しかし——」

「私、こう見えても、以前やくざの組長だったんです」

泉の言葉に、仁村は唖然《あぜん》とした……。

「いや、あれを聞いたときはびっくりしたよ」

と、仁村は思い出してもおかしいらしく、笑って言った。

「私もその話は知ってます」

と、星叶は言った。

「でも、ともかく私のお腹にはあなたがいたわけだし、仁村さんは長野の方に持っていた別荘に私を連れてってくれた」

と、泉は言った。「そこを管理してくれていたのが、あの小柳美江さんで、本当によくして下さったの」

叶にも、大体のいきさつはつかめた。

「でも、今になって、どうしてお母さんや私が追われてるの？　それに丸山君のことも……」

「それがはっきりしない」

と、仁村は言った。「おそらく、十八年前の出来事が、何かのきっかけで、また動き出したんだろう」

「叶を巻き込みたくなかったんだけどね」

と、泉はため息をついて、「でも、仕方ないわね」

「叶君はお母さんから、そういう運命を受け継いでるのかもしれないな」

と、仁村が言った。

叶は黙っていたが、内心、「私はお母さんじゃないんだから！」と文句を言っていた。

「ともかく――」

と、叶は口を開いて、「丸山君が死んだ。それは事実よ」

「そうだ。その裏に何があったか、そこから調べないとね」

と、仁村は肯いて、「しかし、今は役職上忙しくて、なかなか自由な時間がない。泉君にも申し訳ないが」

「いえ、考えています」

と、泉は言った。

「まさか、また組長になるんじゃないよね」

と、叶は言った。

「違うわよ」

「でも、あの駐車場で私のこと捜してた男たちは、『星叶を見付けても殺すな』って言ってた。何者なの？」

仁村はちょっと眉《まゆ》をひそめて、

「あれは――公安警察の下にいる……何と言ったらいいかな。秘密警察のようなものだよ」

「そんなのがあるんですか？」

「表向きは存在していないが、国家にとっての危険人物を調査したりしている。活動の実態は、僕もよく知らない」

「文化庁長官が？」

「そうなんだ。以前はあんなものは作れなかった。今は『国家機密だ』のひと言で、どんな予算もつけられる」

仁村はちょっと時計を見て、「もう行かなくては。――ここにはいつまででもいていいよ。美江さんがなんでもやってくれる」

「そういうわけにはいきません」

と、泉が言った。「ね、叶。あなたのお父さんのためにも、二人で真相を突き止めようね」

叶は渋い顔で呟《つぶや》いた。

「私は組長って柄じゃないんだけど……」

11　二人の少女

「あ！　緑！　帰ったの？」

自動販売機で、ペットボトルのお茶を買っていた女の子は、丸山緑がゆるい坂道を上って来るのを見て、手を振った。

「――ただいま」

と、バッグをさげて、緑は息をついた。「やっぱり、こっちは東京より涼しいね」

「緑……。お兄さんのこと……」

「うん。お葬式もすんだ」

「大変だったね」

「ありがとう。――何人ぐらい残ってるの？」

ここは緑の通う看護学校の寮である。

高原にあって、林の中。

もう夕方で、風が涼しい。

「三分の一くらいかな」

と言ったのは、同期の根本《ねもと》レミ。ふっくらして、穏やかな十八歳である。

看護学校も夏休みで、家に帰っている子が多い。

「夕飯は？」

と、レミが訊《き》く。

「駅でお弁当買って来た。――レミの分もね」

と、バッグを持ち上げて見せた。

「さすが！ 良かった！」

二人は肩を抱き合った。

寮は二人部屋だが、緑と一緒の子は家へ帰っているので、個室と同じだ。

「お弁当一緒に食べよう」

と、緑は言った。「荷物片付けるから、三十分したら」

「分った。私がこっちに来るね」

レミの方は同室の子が残っているのだ。

「それじゃ、後で」

――丸山緑は、バッグを開けて、お弁当を取り出し、小さなテーブルに置いた。

着替えなどをタンスへしまって、一息ついていると、ケータイが鳴った。

「はい」

「清川だよ」

「あ、どうも……」

緑はベッドに腰かけた。二段ベッドの上の段が緑である。

「大丈夫？　何か異常は？」

「心配ないです。これから友だちとお弁当を食べるところ」

「何かあれば、いつでも連絡してくれ」

「ありがとう」

緑は洗面所で顔を洗った。タオルで顔を拭《ふ》いていると、再びケータイが鳴り出した。

「誰だろ？——もしもし」

と出てみると、

「星叶です」

「あ、叶さん」

「今は寮？」

「ええ。今しがた戻ったところ」

「一度会って話したいんだけど」

と、叶は言った。

「こっちもよ。どうしましょう？」

「そちらへ訪ねて行っても？」

「もちろん」

緑は、夏休みで、部屋に一人でいることを説明した。

「じゃ、そこへ伺うわ」

「いつごろ？」

「そうね。あと――一時間くらいかな」

「え？」

「話を聞いてたんで。そっちへ向う列車の中よ」

「驚いた。じゃあ……駅へ迎えに行きましょうか」

「そうしてくれる？」

「歩くと二十分くらいあるから。じゃ、一時間後に」

「よろしく」

と、叶は言って、「ゆっくり会えて嬉《うれ》しいわ」

「私も」

十七歳の二人の少女は、もう友人同士のような気持になっていた。

お互い、迷いはなかった。

列車からホームに降り立った星叶は、真直ぐに自分の方へやって来る少女を見た。

「――叶さん？」

「緑さんね」

「よろしく」

柔らかな二つの手がしっかりと握手した。

「出ましょう」

と、緑は促した。

改札口を出ると、

「寮は今夏休みなんで、食事が出ません。叶さん、駅前で何か食べる？」

「そうするわ。——ああ、涼しいわね、やっぱり」

と、叶は深呼吸した。

駅前の食堂に入ると、叶は丼《どんぶり》物を取った。

「私、寮で友達とお弁当食べた」

と、緑は言ったが、「でも、おそば一杯ぐらいなら、まだ入る」

二人は一緒に笑った。

叶は緑に看護学校のことなどを訊いた。そして、食事しながら、

「今夜はどこかに泊れるかしら？」

「私の寮の部屋に。二人部屋だけど、一緒の子は家に帰ったんで」

「構わないの？」

「ええ。一応部外者を泊めちゃいけないことになってるけど、親戚《しんせき》の子ってことにすれば大丈夫」

「助かるわ」

叶は微笑んだ。

「それで、叶さん——」

と、緑が言いかけると、叶は小声で、

「デリケートな問題は寮に行ってから」

と言った。

「それって……」

「どこで誰が聞いてるか分らないから」

「分ったわ」

食堂には、地元の人らしい姿も、観光客の姿もあった。

「行きましょう」

二人は支払いをして、食堂を出た。

少しの間に、夜の風はさらにひんやりとして感じられた。

林の中の道だが、結構土産物の店やアクセサリーの店などが並んでいて、人通りがあった。

「お母さんは大丈夫?」

と、叶が訊いた。

「ええ。——兄が死んじゃったので、私が危ない目にあうのが怖くてたまらないの」

「当然ね」

「でも、兄の仇《かたき》を取りたい」

と、緑はきっぱりと言った。

「私も同じよ」

と、叶は言った。

二人は顔を見合せ、そして少し足どりを速めた。


「母が失礼なこと言って、ごめんなさい」

と、緑がペットボトルのお茶を注《つ》ぎながら言った。

「お兄さんのお通夜のときね」

と、叶は寮の緑の部屋で、ベッドに腰をかけて言った。「お兄さんは私のこと、どう話してたんだろう？」

「そのこと、母から聞いたわ」

と、緑も腰を下ろして、「でも、兄は詳しく話したがらなかったらしいの」

「ただの友達って、私は思ってたけど……」

「母はこのところ少し体調を崩してたの」

と、緑は言った。「看護師の仕事はきついでしょ？　本当は兄や私が早く働いて、収入があるようになると良かったけど、兄もバイトしたって大したお金にならないし……」

「そんなこと、お兄さん何も言ってなかったわ」

「それでね、ある日、兄が『いいアルバイトが見付かったよ』って言ったんですって」

「どんなアルバイト？」

「それを訊《き》いても兄は言わなくて、『ちゃんとした仕事だから大丈夫』って答えるだけだった、って。母は心配だったらしいけど、あんまりしつこく訊くわけにもいかなかって。でも、確かに兄がそれまでの倍以上のお金を家に入れるようになったの」

「そのバイトが……」

「ええ。時々兄がポツリと言うことで、星叶っていう子と関係のある仕事だって分かったんですって。――妙でしょ？」

「そうね。お兄さん、私と特別な仲ってわけじゃなかったし、友達として不自然なことも憶《おぼ》えがない」

と、叶は言って、「ああ、最後に会ったとき、いきなりキスされたけど、私、びっくりしただけだった」

「兄は叶さんのこと、好きだったと思うわ」

「でも……」

「だからきっと辛《つら》かったんだわ。――一方で、そんなにお金になるアルバイトをやめる決心がつかなかった……」

「それで、お母さんは他に何か――」

「母にしてみれば、兄が叶さんと付合ってることしか分らないわけだし、ああして突然死んでしまったのが、叶さんのせいにしか思えなかったんでしょうね」

　叶は少し考えていたが、

「――お兄さんが亡くなったとき、清川って刑事さんが、お兄さんのケータイからかけて来たの」

「清川さんね。私も会った」

「そのケータイ、今どこにある？」

　そう言われて、緑はハッとした様子で、

「考えなかった。――そうね、きっと母が持ってると思うわ」

「そのケータイの発信や着信の記録に、何か手がかりが残ってるかもしれない」

「母に確かめてみるわ」

　と、緑は言った。

　しかし、入院している母に電話するには時間が遅かった。

「明日、連絡くれるように伝言しておくわ」

　と、緑は言った。

「それにしても――お兄さんが私のことを調べていたとしたら、何だったんだろう」

　と、叶は首をかしげた。「もしかして――母のことかな」

「お母さん？」

「うん……。何だか色々あったみたいなの。でも、私も直接知ってたわけじゃないし、ましてあなたのお兄さんには関係ないことだと思う」

と、叶は言った。

緑は時計を見て、

「ね、ここ入浴時間が決ってるの。入ってさっぱりした方がいいでしょ」

「そうね」

「いない子が多いから、空《す》いてると思うわ。一緒に入りましょ」

「そんなに大きいお風呂《ふろ》なの？」

「びっくりしないでね」

と、緑はいたずらっぽく笑って、「ここ、温泉なのよ、お風呂」

「凄《すご》い！」

「もちろん、お風呂屋さんみたいに大きくはないけどね。——ちゃんとドアは鍵《かぎ》かかるから大丈夫」

「じゃ、ひと風呂浴びるか！」

叶は伸びをして言った……。

夜は涼しく、寝苦しいこともないので、叶はぐっすり眠り込んだ。

緑も同様に寝入っていたが——。

夜中にドアの開く音で目を覚ましたのは、やはりいつもこの寮で生活しているからだろう。

「——誰？」

と、起き上る。「レミ？」

「黙って」

男の声でびっくりすると、「僕だ。清川だ」

「まあ……」

「叶君は？」

「そこで寝てる」

「起こして」

「分ったわ」

緑が軽く揺すると、叶も頭を上げて、

「え？——もう朝？」

と、目をパチクリさせた。

「清川さんが」

「え？」

叶は起き上った。「どうしてここに——」

「僕はこの緑君のボディガードなんだ」

それを聞いて、叶が啞然《あぜん》とする。

「ともかく、起きて。服を着た方がいい」

「どうしたの？」

「誰かが、ここへ忍び込んでいる」

叶と緑は顔を見合せた。清川は、

「廊下に出ている。着替えて出て来てくれ」

と言って、素早く廊下へ出て行った。

「――いつからボディガードなの？」

着替えながら叶が訊いた。

「冗談よ。ただ、五月さんって人のこと、話したでしょ。その人が清川さんに私のことを守れ、って」

「そうなんだ。びっくりした。個人的な彼氏なのかと思った」

「違うわよ」

緑は否定しながら、少し照れた口調だった。

二人がそっとドアを開ける。

「身をかがめて」

と、清川が言った。

廊下は非常灯だけが点《つ》いて薄暗い。

「泥棒？」

　と、叶は訊いた。

「どうかな。君らがここへ来るのを尾《つ》けていた男がいる。僕はその男を尾けてたんだが、見失った」

「ややこしいのね」

　と、叶は言って、「——緑さん、何だかこげくさくない？」

「うん……」

　緑は廊下の奥へ目をやって、「あっち、台所だわ。もしかして火が……」

　暗い廊下にうっすらと煙が漂って来ていた。

「いかん。——もし火を点けたとしたら、この建物、すぐ火が回る」

「放火したってこと？」

「分らないが——」

「非常ベル、鳴らそう」

　と、緑が言った。「みんなが起きるし、消防署に直接つながってる」

「どこだ？」

「その角、曲ったところ」

「よし、僕がやる」

　清川は素早く廊下の角を曲ると、プラスチックのカバーを割って、ボタンを押した。

寮の中に、ベルが鳴り響いた。

「台所の様子を」

と、緑は清川に言った。「もし火事になってたら、消火器で」

「誰かが隠れてるかもしれないよ」

「一緒に行こう」

と、叶は言った。「三人なら大丈夫」

ベルを聞いて、パジャマ姿で廊下へ飛び出して来る子たちがいた。

「レミ！」

緑が駆け出して、「煙が出てるの。急いで外に出て」

「火事？」

「分らないけど、念のため」

「うん！——みんな、避難して！　急いで！」

みんなの動きが素早くて、整然としている。清川が感心して、

「さすがに看護師の卵だね」

と言った。

叶と緑、そして清川の三人は煙の出ている方へと急いだ。

「——何だか変ね」

と、緑が言った。

「何が？」

「台所のせいか、この煙の臭い……」

確かに、火事にしては煙に勢いがない。

「お魚でも焦がしてるみたいね」

と、叶は足を止めて、「清川さん」

「どうした？」

と、先頭の清川が振り向く。

「気を付けて。この煙、火事じゃないって気がする」

「もしかしたら――」

と、緑が言いかけたとき、叶は白い煙を通して何か人影らしいものが動くのを見た。

「危ない！　緑さん、伏せて！」

少女二人は廊下に身を伏せた。

そして次の瞬間、煙の向うに人の形がぼんやり浮かんだと思うと、銃声がして赤い火が見えた。

「ワッ！」

叶は頭を抱えて伏せた。

足音がした。駆けて行く足音が、遠ざかる。

「逃げたみたいね」

と、緑が言った。

「そうね。緑さん、大丈夫?」

「ええ。叶さんも?」

「びっくりしたけどね」

と、叶は立ち上った。「やっぱり、おびき寄せようとしてたのかしら」

「そうね」

すると、清川が、

「二人とも、けがはないかい?」

「ええ、大丈夫よ」

「良かった」

清川はそう言って、「僕はちょっと……」

「え?」

「いや、ちょっと……弾丸が当ったみたいだ」

清川が膝《ひざ》をついた。

「清川さん!」

叶はびっくりして、「しっかりして!」

「すまないね。君を守るはずが……」

と言うと、清川はお腹を押えてうずくまった……。

12　暗殺者

「何だって？　清川が？」

電話の向うで、五月警視は驚きの声を上げた。「それで今は――」

「病院です」

と、緑は言った。

「具合は？」

「弾丸は取り出しました。急所は外れているので、命に別状ないということでした」

「そうか……。で、犯人は？」

「逃げています。全く姿を見ていないので」

「そうか。地元の警察は、ちゃんと対応してくれているかね」

「はい。ただ、この時期は、この高原には人が多いので」

「なるほどな」

「清川さんが、五月さんに連絡しなくては、と気にしていました」

「いや、心配せずに休めと言ってくれ」

「それより君のことだ。――清川を狙ったわけではあるまい」

「はい、伝えます」

「そうですね、たぶん」

と、緑は言った。「でも、私は大丈夫です。自分のことは守れます」

「用心してくれ。私が行ってあげられるといいが……」

と、五月は少しためらって、「誰か代りに君の警護に当る者を送るようにするよ」

「でも……」

「至急手配して連絡する」

五月の熱心さに、緑もそれ以上は言わなかった。

電話を切ると、

「ありがとうございました」

ナースステーションの電話を借りていたのである。

「いいえ」

と、当直の看護師が微笑んで、「あなた、あそこの学校の生徒さん?」

「そうです」

「さすがに、止血処置がよくできてるって、先生がほめてたわよ」

「どうも……」

少し照れた。

「いえ、今夜はついていようと思います。夏休みなので」

「ああ、そうね」

緑は、寮から車で三十分ほどの町の総合病院に来ていた。

弾丸を取り出す手術のできる所が他になかったのである。

——夜の病院は静かだった。

緑は、清川が麻酔がまだ効いて眠っているのを確かめてから、階段を地下へ下りて行った。

地階の売店はもう閉っているが、自動販売機が何台か並んでいる。

「叶さん？」

と呼ぶと、

「ここよ」

叶が、廊下の奥の暗がりから姿を現わした。

「清川さん、どう？」

「ええ、今は眠ってる」

「そう。良かったわ」

「でも……あんな所まで……。私のことを狙って撃った弾丸なのよね、きっと」

「そうとは限らないわ」

「寮へ戻る？」

叶は緑の肩を軽く叩《たた》いて、「ともかく用心しないと」

「ええ……」

――二人は清川の病室のあるフロアに戻った。

叶は、病室でケータイを使うのはまずいかと気付いて、

「ちょっと電話するから。行ってて」

と、緑に言った。

階段の所で、泉に電話する。

メールで、事件は知らせておいたのだが。

「もしもし、お母さん」

「叶、どうなの、様子？」

「うん、刑事さんは今入院して、急所は外れて大丈夫だった」

「どこの病院？　私もそっちへ行くわ」

と、泉は言った。

叶が病院の名前と場所を伝えると、

「分った。ともかく、人目のある所にいるようにして。できるだけ早く、私も行くから」

「うん、そうする。でも――どうして緑さんが……」

「そうね。一緒にいてあげるようにね」

「もちろんよ」

叶は用件だけで切ると、清川の病室の方へと向った。

緑がいない。――叶はナースステーションの看護師に、

「あの、もう一人の……」

「ああ、あの生徒さん？　今、県警の刑事さんが来て」

「刑事さんが？」

「事件のことを訊《き》きたいって、一緒に出て行ったわ」

確かに、あの寮での事件を放ってはおけないだろう。放火と思ったのは、ただ枯葉を燃して煙を出しただけだったのだが、消防車もやって来る騒ぎになった。

県警が調べるというのは分るが……。

ナースステーションの電話が鳴って、看護師が出ると、

「――はあ？――いえ、ちょっとお待ちを」

と、叶を見て、「丸山緑さんって……」

「もう一人の子ですけど」

「変ね。警察からで、丸山緑さんを出してくれって」

叶は息を呑《の》んだ。

そして階段に向って駆け出した。――偽の刑事かもしれない！

エレベーターはのんびりしているので、階段を駆け下りた。途中で足を踏み外して転

り落ちそうになったが、何とか手すりにつかまって尻《しり》もちをついただけですんだ。

「もう！　お母さんほど運動神経良くないんだからね！」

と、妙なグチを言いつつ、何とか一階へ下りて、夜間通用口へと走った。

車が一台、走り去るところだった。

一瞬、車の後部座席に、緑らしい後ろ姿が見えた。――どうしよう？

追いかけようにも、タクシーなどない。

と、そこへ――。

小型車が一台やって来て、停った。

若い男が降りて来ると、

「君、病院の人？」

と、叶に訊く。

「あ……中に受付が」

「そうか。女房が産まれそうだって連絡もらって」

「おめでとう」

叶はその男が中へ入って行くのを見ていたが――。

車、放ったままだ。叶は車の中を覗《のぞ》いた。キーが差し込んだままになっている。

「え？――だって、無理よ」

一人でそう言ったものの、もし、緑が偽刑事に連れ去られたのだったら……。

放っておけない！

叶は運転席に乗り込んだ。

もちろん、まだ免許はない。でも、去年の夏休みに、友達の家に遊びに行ったとき、凄《すご》い田舎で、車などほとんど通らない道だったので、そこのお兄さんに教えてもらって、少し運転したことがある。

ブレーキを少し踏んでキーを回す。――エンジンがかかった！

サイドブレーキを外して、アクセルを踏むと、動いた！

「走り出したら、アクセルとブレーキだけ。遊園地のゴーカートと同じだよ」

と言ってたっけ。

「車、借ります！」

聞こえないけど、一応そう断って、叶は車を出した。

緑の乗った車は？――ずっと先に一台の車が見えて、他には全く見当らない。

「あれだな」

幸い一直線の道。――逃がすもんか！

叶はアクセルをぐっと踏み込んだ。

とたんに車は凄いスピードで（そう感じられた）突っ走った。

前の車がぐんぐん近付いて来た。

「あわわ……」

　と、叶は言いつつ、アクセルは踏んだまま。

「あ……。だめ！　ぶつかる！」

　車はまっしぐらに前の車へ向っている。でもアクセル、踏みっ放し。

「ワーッ！」

　車は目の前に迫っていた。


「大丈夫？」

　と、緑が心配そうに叶の顔を覗き込んだ。

「ええ……」

　顔を洗って来て、叶はやっと足の震えが止った。

「ぶつからなくて良かったわね」

　と、緑が言った。

「ブレーキ、踏むのを思い出して。──でも、危うく車ごと引っくり返るところだった」

　叶はまだ冷汗をかいていた。

　──結局、緑は本当の刑事と一緒だったのである。迎えに行ったことを知らない他の刑事が病院へ電話したので、叶が勘違いしたというわけだが……。

「叶さん、意外と早トチリなのね」

と、緑に言われてしまった。

県警本部に来ていた。

叶が勝手に拝借した車は、刑事の一人が運転して戻してくれた。

夜のせいか、中は閑散としていて、眠そうな刑事が何人か残っている。

「丸山緑君」

と、刑事に呼ばれて、緑は個室の中へ入って行った。

叶は廊下に置いてあったベンチに腰を下ろしていたが――。

「君、もう帰ってもいいよ」

と、中年の刑事が声をかけた。「お母さんが心配してるんじゃないの？」

「いえ……。丸山緑さんを待ってます。私、旅行中なんで」

「じゃ、そこにいて。喉《のど》が渇いたら、自販機が向こうにあるから」

「はい」

と立ち上ったが、財布を持っていない！

「小銭かい？」

と、親切な刑事で、百円玉をいくつか貸してくれた。

「すみません」

「いいよ、返さなくても。それぐらい」

「でも……」

ともかく、言われた方へ歩いて行って、自販機に百円玉を入れる。

「ええと……。レモンソーダにしよう」

缶が出て来ると、蓋《ふた》を開けて一口飲んだ。

ああ……。ホッと息をつく。

まだ時間かかるのかな。

戻ろうとしていると、電話の鳴る音が聞こえた。ちょうど目の前のドアが細く開いていて、その中から聞こえていたのだ。

「――はい、大崎《おおさき》です」

と、出たのは、さっき叶も挨拶《あいさつ》した、この県警の幹部らしい男性だった。

叶はそのまま行きかけたが――。

「星叶ですか？」

という声が聞こえて、足を止める。

私のこと、話してる？

周囲に人はいない。そっとドアへ近付いてみる。

「――ええ、確かに、ここへ来ました」

どこからかかっているのだろう？

「は？――拘束というと？――ここから出すな、ということですか」

私を拘束？　叶は愕然《がくぜん》とした。

「——はあ。——そんな犯罪者とも思えませんでしたが。——いえ、もちろんそんなことは……」

今度は早トチリじゃない！

「かしこまりました。こちらへおいでになるまで、星叶は監禁しておきます」

冗談じゃない！

叶はあわてて自販機の方へと戻った。

大崎という男が、部屋から出て来て向うへ行く。

叶は、誰かが自分を連れに東京からやって来るらしいと察した。

少しためらったが、一旦《いったん》拘束されてしまったら、動けなくなる。母もやって来ると言っているし……。

「——おい、もう一人の子は？」

と、大崎が訊《き》いている声。

「さあ、どこかその辺じゃないですか」

叶は急いで出口へ向った。

表に出ると、ともかく夜道を歩いた。

細い道を入って、公園に出ると、息をついて、ベンチでひと休みすることにした。

「ああ……。どうなってるの？」

ともかく誰かが緑と叶を狙っている。確かなことはそれだけだったが……。

自分は逃げて来たが、緑は大丈夫だろうか？

叶は、気になって県警の建物の方へと戻ってみた。

大騒ぎで叶のことを捜している——のかと思ったが、そうでもない。少なくとも、外から見ている限りでは、静かである。

叶が姿を消したことで、緑が何か危ない目に遭うことはないだろうか。しかし、叶は映画のスーパーヒーロー（一応ヒロインか）ではない。

警察の建物へ忍び込んで、緑を救出して来るような真似はできない。

道の向かいのビルのかげからしばらく様子を見ていると、さっき電話を受けていた大崎という男が出て来て、正面の玄関の傍に立っていた巡査へ、

「もし、東京からの車が着いたら、すぐ中へご案内しろ」

と命じている。

無茶言ってる。いくら急いでも、東京からここまで何時間もかかるだろう。

大崎がかなり苛立《いらだ》っていることは口調で分った。——どうしよう？

叶が持って出たのはケータイだけ。財布もない。

あの寮へ戻るにも、ここからは遠いだろう。でも、一旦戻らないと……。

一度病院に戻って、それから寮へ、といっても、どうやって行けばいいのか。

仕方ない。——病院ぐらいまでは、何とか行けるだろう。

大体病院の方向へ見当をつけて歩き出そうとすると、突然目の前に誰かが立ちはだか

った。

「誰?」

その黒い人影は、叶よりずいぶん大きく背が高かった。

「声を立てるな」

と、男の声。

「でも……」

「声を立てるなと言ったぞ」

叶は目の前にあるものがやっと見分けられた。——銃口だ。

「分ったか」

「はい」

「あの病院からやって来た女だな」

「あなたが……清川さんを撃ったんですか?」

「余計なことを言うな。そこに車がある」

男が促した。確かに、見た目もパッとしない小型車だが、車は車だ。

「助手席に乗れ」

ここは言われた通りにするしかない。

運転席に乗って来た男を、叶は初めてちゃんと見た。印象以上に大柄で、この小型車では狭苦しそうに見える。

胸板も厚くて、元はプロレスラーか何かかしら、と思った。いや、レスラーに知り合いがいるわけではないが。

ともかく、腕も丸太みたいに太くて、下手に逆らったら、軽く腕の一本も折られそうである。

車のエンジンをかけると、男は叶をジロッと見て、

「おい」

と、凄味《すごみ》のある声を出した。

「はい」

「ちゃんとシートベルトをしろ」

まさか、そんなことを言われるとは思わなかったので、調子が狂ってしまったが、むろんあわててシートベルトをした。

「行くぞ」

車が走り出す。——叶は、あまり考えずに口を開いていた。

「あなたはシートベルト、しないんですか?」

男は不機嫌そうな目で叶をにらむと、

「俺は、シートベルトすると苦しくてしょうがねえんだ!」

と言った。

「あ……。そうですね、お腹が……」

「人のことをデブだと言いたいのか!」

「そんなこと言ってません! ごめんなさい!」

怒らせたら、何されるか分らない。叶はあわてて謝って、後は口をつぐんでいることにした。

体は大きいが、この男、顔つきなどはまだずいぶん若そうだ、と叶は思った。せいぜい三十代の半ばくらいだろうか。

つい、「おいくつですか?」と訊きそうになって、キュッと口を閉じる。

全く、あんたは場違いなときにひと言多いんだから、と自分を叱ってみる。

車は気のせいか、重量オーバー(?)しているかのようで、時々息切れするような音をたてている。

車は病院の前に着いた。

「——あの刑事は死んだのか」

と、男が訊いた。

「清川さんですか。いえ、弾丸取り出して、何とか助かるみたいでした」

「そうか。そいつは良かった」

自分で撃ったんでしょ、と言ってやりたかったが、やめておいた。

「あの……」

と、叶が言いかけると、

「お前、あの刑事の病室へ行って、奴のケータイを取って来い」

と、男は言った。

「私がですか？」

「そう言っただろ」

「でも、私一人で？」

「一人でできるだろ、それぐらい」

「それはそうですけど……」

そういう意味じゃないんだけど。

「俺が行くと目立つからな」

「まあ、確かに……」

でも、この人、私が逃げてしまうとは思わないんだろうか？　逃がしてくれるなら、もちろん遠慮はしないが。

「分りました。取って来ます」

と、叶が助手席からドアを開けて降りると、

「おい、待て」

と、男は言って、ポケットから何やら取り出した。「これを清川のベッドのそばに置いて来い」

それは、どう見てもその辺の道端でつんで来た——いや、引きちぎって来たとしか見

えない花だった。五、六本あるが、もうくしゃくしゃになっている。

「その花……何ですか？」

「病人の見舞だ。花ぐらいあった方がいいだろう」

叶は面食らって、

「でも……自分で撃ったのに？」

と、つい訊《き》いていた。

男が目をむいて、

「俺が撃った、だと？」

と怒鳴った。「誰がそんなことを言ったんだ！」

「いえ、別に。でも、てっきり私――」

「ふざけるな！　俺は清川って刑事にゃ恩があるんだ。どうして撃ったりするんだ」

「は……」

何か、この人、どうも本気らしい。「じゃ、あなたが撃ったんじゃないんですね？」

と、念を押すと、

「もう一度言ったら、ひねり殺すぞ！」

「すみません！　でも……それじゃどうして清川さんのケータイを？」

「清川がどうしてあんなことになったか、調べたい。ケータイの記録を見るのが手がかりになる」

「はあ……」

「それも清川に教えてもらったんだ」

「そうですか……」

「早く行って来い！」

「分りました」

叶はあわてて病院の中へと駆け込んだ。

しかし――さて、どうしたものか。

あの大男の言っていることが本当だとしても、清川はいわば叶と緑の身替りとして撃たれたのだ。その清川のケータイを見ても、あまり役に立つまいが。

「ええと……」

こっちだわ。――叶は、清川の病室を探し当てた。

「あら」

と、ナースステーションの看護師が叶に気付いて、「あなた、戻ってたの？」

「ちょっと――忘れ物して」

「ついさっき、県警の大崎って人から電話があったわよ」

「私のことで、ですか」

「あなた、星叶っていうの？」

「そうですけど……」

「星叶が現われたら、すぐ知らせろって。逃げないように捕まえとけ、とも言ってたわ」

「はあ」

「でも、凄くいばってて、感じ悪かったから、誰が言うこと聞いてやるか、って思ったの」

と、ニッコリ笑った。

「ありがとうございます！」

叶はホッとしてそう言うと、清川の病室へ入った。

眠っている清川のベッドの脇のテーブルに、あの男から渡された花を置き、それから清川の服を探った。

ケータイがあった。でも――どうしたらいいだろう？

思い付いて、自分のケータイで、母へ電話することにした。

「――え？　あれ？」

病院だからと電源を切ったっけ？　でも――電源、入らない！

「まずい……」

電池が切れたのかもしれない。そういえば昨日も充電しなかった……。

「どうしよう！」

この清川のケータイを、言われた通りにあの大男に持って行くべきだろうか？　でも、あの男がどういう立場なのか、さっぱり分っていないし……。

ただ――叶は清川のベッドの傍に置いた花に目をやった。ちゃんと買った花じゃなくて、その辺で引きちぎって来たような花だけど、少なくとも清川のことを心配しているには違いないだろう。

もちろん、叶にはあんなタイプの男なんか知り合いにいないが、それでも何となく、あの大男は信じてもいいという気がした。

少なくとも、叶を騙《だま》してどこかへ連れ去ろうとは思っていないだろう。

「お母さんだったら、どうする？」

と、叶は呟《つぶや》いた。

ヤクザの組長だった母、星泉。私はその娘だ。自分の、人を見る眼を信じてみようか。

叶が、こんな気持になるのは初めてだった。何かとんでもないことに巻き込まれて、人が撃たれたりしている。

母にたとえ連絡がついたとしても、今すぐここに来られるわけじゃない。今は、自分で判断して進むしかないのだ。

「よし……。清川さん、ちょっと借りますよ」

一応、聞こえていなくても、そう言ってから病室を出る。

廊下を、さっきの看護師が走って来た。

「今、下に車が」

「え？」

「こっちへ上って来るって。何だか怖そうな人たちらしいわ。下の受付から連絡があったの」

廊下の奥のエレベーターが、チンと音をたてた。扉が開く。

「――どなたですか？」

と、看護師が訊いた。「面会時間は過ぎてますけど」

黒っぽい上着は夏向きではなかった。

「ここに清川って刑事が入院してるな」

と、二人の男の内の若い男が言った。

「個人情報ですから、申し上げられません」

「そうか？」

男が拳銃《けんじゅう》を抜いて、「これでもか？」

と、銃口を看護師へ向けた。

叶は、廊下に置かれた、食事を配るための車輪のついた大きな箱のかげに隠れていた。

「どういうご用ですか」

看護師は動じなかった。「ここのカメラはこの病院の警備室につながってます。この場面を見たら、すぐ警察へ連絡が行きますよ」

叶は聞いていてハラハラした。

清川を撃ったのがこの男たちなら、看護師だって平気で撃つだろう。

「いい度胸だ」

と、男が言った。

その声に、叶は聞き憶《おぼ》えがあった。あのショッピングモールの地下駐車場で隠れているとき、叶を捜していた男の声に似ている。

「一つ答えればいい。命は助けてやる。――星叶って女がここへ来ただろう。どこにいる?」

「知りません」

殺される! 叶は自分のせいで人が殺されるのを見たくなかった。

正に引金を引こうとしている。

叶は立ち上ると、

「ワーッ!」

と叫び声を上げて、その大きなステンレスの箱を、男たちの方へ力一杯押した。

男が箱に向かって撃ったが、もちろん箱は止らなかった。

叶が思っていた以上に、箱は勢いよく男たちにぶつかった。

「逃げて!」

叶は看護師に叫ぶと、自分は廊下の途中の階段に向かって走った。

そういや、さっきもこの階段を駆け下りたっけ。――頭上でバタバタと足音がする。

「逃がすな！」

という声が響いた。

叶はもう半分やけになって、階段を駆け下りると、夜間通用口へと走った。

若い看護師が受付の中で目を丸くしている。叶は駆け抜けながら、

「隠れて！」

と、声をかけた。「撃たれますよ！　机の下に！」

そのまま外へ飛び出したが——。

車は停っている。しかし、違う車だ。あの男たちのだろう。

あの大男の車は？　キョロキョロしていると、建物のかげから、小型車が走り出て来た。

叶はそっちへと駆け寄った。

「どうした？」

大男が車から出て来る。

「逃げなきゃ！　追いかけて来るよ！」

と、叶が言ったとき、さっきの男が外へ出て来た。

「待て！」

と、叶に狙いをつけて、引金を引く。

その一瞬、大男が叶の前に立ちはだかった。銃声がした。

でも――大丈夫。痛くない！

「車に乗れ！」

大男が撃ち返したので、相手はあわてて建物の中へ姿を隠した。

「早く乗れ！」

叶が助手席に乗ると、大男は、もう一台の車めがけて二発撃った。

そして、運転席に戻ってくると、すぐに車を出した。

「――追いかけて来ない」

叶は後ろをしばらく見ていたが、ホッとため息をついて、「怖かった！」

「どうした、ケータイは？」

と、ハンドルを握った男は訊《き》いた。

「持って来たけど……。命がけだよ」

と、息を弾ませる。

「よくやったな」

「どうも。――忘れてたけど」

「何だ？」

「シートベルト、した方がいい？」

大男は笑って、

「好きにしろ」

と言った。「俺は久我《くが》っていうんだ」

「久我さんね……。どうしてこんな……」

と言いかけて、叶はハッとした。

手に血がついている。

「あなた……撃たれたの?」

「大した傷じゃない」

「そんな……。血が出てるよ!」

叶は叫ぶように言った。

13 恩義

「こんなんじゃ……」

叶は懸命にタオルで久我という大男の脇腹を押えていたが、出血は止らない。

「平気だ」

と、ハンドルを握る久我の声にも、大分無理をしている気配があった。

「だけど……」

「人間、出血しても自然に止るんだ。そういう風に人間の体はできてるんだ。――いつかNHKのドキュメンタリーでやってた」

「程度問題でしょ」

と、叶は言った。「それだったら、出血多量で死ぬ人、いなくなる」

「お前、俺が死ぬって言いたいのか？」

「違うよ！　心配してんでしょ！」

「お前みたいな小娘に心配されたくない」

強がりを言っているのは、自分でも傷の痛みがひどくなって来ていると分っているからだろう。叶はその口調で察することができた。

車のダッシュボードに入っていたタオルで傷を押えているのだが、もう血で濡《ぬ》れてしまって、ほとんど役に立ってない。それに、もともと薄汚いタオルで、叶は、

「これじゃ、却《かえ》って傷が悪化するんじゃないの？」

と言ったくらいだ。

男は小さな町の中を走っていた。

「広い国道なんか走ってたら、すぐ見付かる」

と、久我は言ったのだが……。

夜中で、こんな小さな町である。二十四時間営業のコンビニもない。ともかく町の中は暗く静まり返っている。

突然、車が蛇行した。叶はひっくり返りそうになって、

「大丈夫？」

と訊いた。

「ああ……。ちょっとめまいがしただけだ」

と、久我は頭をブルブルッと振った。

「ねえ、どこか病院に行こうよ。このままじゃ……」

「馬鹿言え。そんなことすりゃ、すぐ捕まっちまう。お前だって、狙われてるんだろ」

「だけど……」

叶には、この男が叶をかばって撃たれたということが分っていた。しかし、久我は一言もそうは言わない。

こんな人、初めてだ、と叶は思った。

「赤信号だよ！」

交差点を、車は真直ぐに突っ切った。夜中で、他の車がいないから良かったが。

「ねえ、少し休んで――」

と言いかけて、叶は車が激しくバウンドしたので、飛び上って天井に頭をぶつけた。

「いたた……」

車が停った。――叶は、車が歩道に乗り上げているのを見て、

「久我さん！」

と言った。「車が……」

久我はハンドルに覆いかぶさるようにして激しく息をついていた。

「しっかりして！」

体を揺さぶると、久我はうっすらと目を開けて、

「痛《いて》えだろ、そんなことしたら……」

「ごめん！」

叶はともかくドアを開けて、助手席から外へ出た。――誰か、助けてくれる人は……。

そして、叶は目の前の小さな門構えの家を見ると、

〈河井《かわい》外科医院〉。

「何だと……」

「外科……。外科だ！」

門の脇には、大分はげ落ちて古くなった看板が立っていたのだ。

「――嘘だ」

と呟《つぶや》いた。

飛び上って叫ぶと、「久我さん！　目の前に外科のお医者さんが！」

久我が顔を上げる。

「ほら！　そこ、〈外科医院〉だって！　天の助けだよ」

「医者なんかにかかったら……」

「つべこべ言わないの！　さ、降りるのよ」

叶は久我を助けて車から降ろすと、その重さによろけつつ、何とかその門まで連れて行った。

「――真暗だぞ。空家じゃねえのか」

「入ってみなきゃ分んないでしょ！」

門は半ば開いたままだった。叶は久我を何とか支えて、玄関まで来ると、かすれた文字で〈河井外科医院〉と書かれたガラス窓のついた扉を力一杯叩《たた》いた。

「――すみません！――お願いします！　誰かいませんか！」

何度も呼んでみると、やがて扉の向うで明りが点《つ》いた。

「やった！　人がいる」

「そうか……」

久我は扉の脇の壁によりかかって、何とか立っていた。

人影がガラス越しに見えて、

「診察時間は終りましたよ」

と、女の声。

「けが人なんです！　お願いします！　出血してて」

渋々という様子だったが、ともかく扉が開いた。

「お願いします！　出血が止まらなくて」

「先生、寝てるんですけどね……」

住み込みの看護師だろう。ガウンをはおって、大あくびしている。

「起こして下さい！　お願いします！」

「じゃあ……入って」

その女が中へ戻って行く。

「入ろう。——つかまって」

叶は久我を支えて、何とか靴を脱がせ、待合室へ上らせた。

古ぼけた長椅子に、久我を座らせると、肩で息をついた。

「お前……。逃げろ」

と、久我が言った。

「何よ？」

「一緒にいたら……」

正面のドアが開いて、さっきの女が、

「入って。診てくれるって」

「すみません！」

叶は久我を立たせて、診察室へ入れた。

「──ちょっと」

と、女が明るい光の下で久我を見ると、「その傷……。撃たれたんじゃないの？」

「そうです」

と、叶が肯《うなず》く。

「冗談じゃない！　そんな患者、診られないわよ！」

「だって──けがしてるんですよ！　ここ、お医者さんでしょ」

「撃たれたなんて……。救急車も呼べないってことは、あんたたち、何か犯罪に係《かかわ》ってるのね！」

「そんなことより、人の命がかかってるんです！」

「後で、うちが警察に何て言われるか」

と、女は、机の上の電話へと歩み寄って、

「通報して、ここへ来てもらうわ」

と、受話器を上げた。

「やめて」

と、叶は言った。「受話器を下ろして」

「え？」

叶は久我の拳銃《けんじゅう》を両手で構え、銃口をその女に向けていた。

「受話器を置いて。言われた通りにしないと撃つわよ」

女は青くなって受話器を戻した。

――私、何してるんだろ、と叶は思った。

私、とうとう犯罪者になっちゃった。

銃を人に突きつけている。――これって、犯罪だよね？

そう思いながらも、叶は拳銃を構えたままだった。今は仕方ないんだ。この人の命を助けなくちゃ。

「――何ごと？」

と、声がした。

ヨレヨレの白衣をはおった女性が、診察室の入口に立っていた。ボサボサの髪を手でクシャクシャにしながら、

「何、それ？　オモチャのピストル？」

と訊《き》く。

「いえ、本物です」

と、叶は言った。「お医者さんですね」

「一応ね」

もう六十にはなっていようか。髪も半分以上白くなっていて、寝ぼけた顔で、

「その男の人？　大分ひどそうね」

と、叶の手の拳銃のことは気にしない様子で、「そこへ寝かせて」

「でも、先生——」

と、看護師らしい女は抗議しかけたが、

「いいから。後のことは後で考えりゃ」

叶はその女医の口調に安堵《あんど》した。

「お願いします！」

と、拳銃を下ろして、深々と頭を下げた。「この人、私をかばって、私の代りに撃たれたんです！　助けてあげて下さい。私、刑務所でもどこでも入りますから」

「面白い子ね」

と、女医はちょっと笑って、「私は河井栄《さかえ》っていうのよ。安心して。この手の患者にゃ慣れてるの。昔は東京の盛り場で開業してたんでね」

叶も手を貸して、久我を台の上に寝かせると、ハサミで久我のシャツを切って行った。

「ほら、何グズグズしてるの。ガーゼ！」

「はい」

渋々ではあるが、看護師も言われた通りにする。

ともかく、治療が始まった！

叶は急に体の力が抜けて、小さな椅子に腰をおろした。

派手に消毒液を傷口にかけると、久我が、「ギャッ」と叫び声を上げ、

「痛《いて》えじゃねえか！　俺を殺す気か！」

と、わめいた。

「久我さん！　治してくれてんだよ。我慢して」

と、叶が言った。

「やかましいね、大声で」

と、河井栄は言って、「ちょっと。麻酔で眠らしとこう。注射の用意」

「眠らせといて殺す気だな！」

久我がまだ文句を言っている。

「ちょっと、注射する間、黙らせといて」

と、河井栄が叶に言った。

「あ……はい」

「口をふさいどいて」

「でも……」

口を手でふさいでも、かみつかれそうだ。そりゃ痛いのは分るけど……。

とっさのことで、叶は久我の口を口でふさいだ。——現象としては「キスした」ことになるが、むろんそんな気はない。ただ、久我の方もびっくりして、一瞬固まってしまったので、その間に河井栄は素早く注射することができた。

「お前……何しやがる……」

と、早くもトロンとした目で叶を見て、「俺を……誘惑するのか……」

「誰が！」

と、叶が言ったときには、もう久我の目はほとんど閉じかけていた。

「——よしよし。いい子になったわね」

と、河井栄は言った。「傷口を洗いましょ」

看護師の方は、目を丸くして叶を見ていたが、

「今の子って……。大胆なのね！」

違います、と言いたかったが、叶はホッとしてまた椅子にかけると、なんだか一度に疲れが出て、何も言う気がしなくなってしまったのだった……。

あ……。朝になったんだ。

ぼんやりとした視界に、壁に差し込む日の光が見えた。

ええと……。どこで寝たんだっけ？　緑さんの寮？　いや、違うような気がする。

あの後、色んなことがあって……。

そうだ。私、あの大男を何とか助けようとして……。でも、夢だったのかしら？

だって、いくらなんでも、あんなむちゃくちゃなこと、現実に起こるわけが……。

ちょっと体をずらしたとたん、叶の身体は床へ落下していた。びっくりして起き上る
と、そこは病院の待合室だった。それも大分古ぼけた、狭い待合室。

「本当だったんだ……」

腰をさすりながら起き上る。

そうだった。久我の手当が一応終って、叶はこの待合室の長椅子で寝た。

久我は包帯で胴をグルグル巻きにされ、麻酔が効いて、ぐっすり眠っていたっけ。

「ああ……。どうなったんだろ？」

やっとこ立ち上ると、

「目が覚めた？」

と、ゆうべの看護師が顔を出した。

「あ。おはようございます」

「もうお昼よ」

今日は一応、ちゃんと看護師らしい格好をしている。

「お昼……。そうですか」

叶は頭を振って、「あの――久我さんはどうですか？」

「栄先生が説明してくれるわ。いらっしゃい」

「はい……」

「私、佐々木佑美《ささきゆみ》っていうの。あんたは？」

「あ、すみません。私、星叶といいます」

名前も言ってなかった。――佐々木佑美について奥へ入って行くと、ミソ汁の匂いがして、叶はお腹が空《す》いていることを思い出した。

ここもやはり大分古ぼけたダイニングキッチンで、

「目が覚めた？」

と、テーブルについている河井栄が言ったのだが、叶がびっくりしたのは――。

「まだ寝ぼけてるのか」

けがした当の久我が、バスローブらしきものをはおって、ご飯を食べていたのである。

「久我さん……。大丈夫なの？」

「相当丈夫にできてるようね」

と、栄が笑って、「まあ、普通なら当分入院だけど、ここは入院できないからね」

「先生」

叶は栄の前に立って、きちんと両手を揃え、「ありがとうございました！」

と、深々と頭を下げた。

「いいから、顔洗ってらっしゃい。お腹も空いてるでしょ」

「はい」

「洗面所、そこ出た所よ」

と、佑美が言った。

「そうそう」

栄が食事の手を止めて、「歩道に乗り上げてた車、この病院の裏に回しといたからね」

と言った。

「あ、すみませんでした」

車のことなど、すっかり忘れていた。

冷たい水で顔を洗い、朝食をとった。

納豆とおしんこという純和風朝食だったが、ともかくお腹が空いているから、何でもおいしかった!

ご飯を三杯もおかわりして、叶はさすがに恥ずかしくなった。

「あんた、いくつ?」

と、栄が訊いた。

「十七です」

「高校生か。――そのなりはかなりひどいわね」

「命さえあれば……」

「女の子は清潔にしなきゃ。お風呂《ふろ》、入ってらっしゃい。佑美ちゃん、お湯、出してあげて」

「すみません」

──叶は、今どきあまり見かけない木の桶《おけ》の風呂に入って、頭も洗うと大分すっきりした。

でも──これからどうしよう？

久我の話を詳しく聞かないと判断がつかない。ゆうべはそんな話をする前に、とんでもないことになってしまった……。

「お母さんだ……」

母、星泉へ連絡しよう。どうしたらいいか、相談して──。

でも──ケータイは？

叶は、手もとにケータイがないことに気付いた。

風呂を上って、捜してみたが、見付かったのは、病院から持って来た清川刑事のケータイだけ。

車の中に落としたのか？

病院の裏庭へ出て、車の中を捜してみたが、見当らない。──どこかで落としたのだろうか？

電池が切れていたことは憶《おぼ》えていたが、その後どうなったか、思い出せない。

清川のケータイでかければいいようなものだが、母のケータイの番号を憶えていない!

ダイニングキッチンへ戻ると、

「まあ、かけなさい」

と、栄が言った。

「お風呂、ありがとうございました」

と、礼を言って叶は椅子にかけた。「さっぱりしました」

「十七歳らしい顔になったわ」

「そうですか?」

久我が息をついて、

「ともかく、お前をこんなことに巻き込んじまって、すまなかった」

と言った。

「もう遅いよ」

と、叶は言い返した。「それに、私の代りに弾丸に当ったんだもの。その恩がある」

久我はちょっと笑って、

「一宿一飯の義理か? ヤクザみたいだな」

「――まあね」

やっぱり、お母さんの血を引いているのかしら?

「色々ややこしい事情がありそうね」

と、栄が言った。

「ええ。もう、とんでもなくややこしいんです」

と、叶は言った。「親子二代に亘《わた》るお話ですから。でも、それは私だけに関係してることです」

「俺は清川刑事が撃たれたことだけが心配でやって来たんだ」

「でも、あれは……」

と言いかけて、叶は思い直した。

清川のケータイを取りに行ったとき、病院にやって来た男たちは、初めに清川のことを訊《き》き、それから叶のことを訊いた。清川が誤って撃たれただけなら、ああいう訊き方はしないだろう。

ということは――あの寮で、清川が撃たれたのは偶然ではなかったのかもしれない。

そうだとすると、清川は何か秘密を握っていたのか。

「俺はもう一人で大丈夫だ。お前にこれ以上迷惑はかけられない」

「待って。私は私で、知りたいこともあるの。これからどこへ行くの？」

「東京に戻るつもりだ」

「清川さんのケータイは？　中のデータを見た？」

「発信した記録の中に、よくかけていた番号があった。あれが誰なのか気になってる」

「そう……」

叶が気にかかっているのは、ゆうべ電話したので、母がこっちへやって来るかもしれないということだ。

ゆうべの男たちが、母、泉と出会ったら……。

「ね、一度駅に行きたい」

と、叶は言った。「もしかすると母がやって来るかもしれないの。ケータイがなくて、連絡できない」

「東京から来る列車なら、そう何本もないわよ」

と、栄は言った。「朝早く乗っても、まだ着いていないでしょう」

「じゃあ、駅に行ってみます。遠いですか？」

「一番近い駅は、東京と直接つながってない。東京からの急行が停るのは、車で十五分ほどの駅ね」

「私が着いた所ですね。今出れば急行に間に合いますか？」

「車で飛ばせばね」

「よし、運転してやる」

と、久我が言った。

「やめた方が——。また出血するわ」

と、佐々木佑美が言った。

「聞きやしないでしょ」

と、栄が微笑んで言った。「静かに運転してね」

14 仲間

列車の時刻表を見ると、まず「普通に」運転しても、東京からの急行に間に合うことが分った。

それでも久我の運転はそう穏やかというわけにはいかなかった。

「痛くない？」

と、叶が気にすると、

「目が覚めていい」

と、負け惜しみを言っている。

——駅に近い所で車を停め、歩くことにした。

駅の周辺は観光客も多い。車を置いておけないだろう。

叶は、洗った髪がボサボサで、いやだったが、まあそんなことを言っている場合でもない。

だが、さすがに駅前には小さなスーパーやコンビニも開いている。

「やっぱり、やだな」

「何が？」

「この頭。ね、お金貸して」

叶は、久我から千円借りると、小さなスーパーへと入って行った。簡単な化粧品が並んでいる。

「あった！」

旅行用の小さなヘアスプレーの缶。安物のブラシと買っても千円でおつりが来る。

やった！――何てったって、十七歳の女の子だもんね。

品物二つ、レジに出して袋に入れてもらう。

「千円からでよろしいですね」

レジの女性がそう言って千円札を手に取ると、

「おい」

叶の後ろからぐいと割り込んで来た男が、

「ドリンク剤はどこだ？」

何よ、人が支払いしてるのに！　叶はチラッと振り向いて――。

ゆうべ病院に来た男たちの一人だ！

「右の奥の方です」

と、レジの女性が言うと、男は黙って客を押しのけるようにして奥へ入って行った。

ああ……。びっくりした！

男は叶のことに全く気付かなかった。

「あ……」

髪がボサボサだったせいだろうか？

「どうも」

おつりを受け取ると、叶はあわててスーパーを出た。

一人がスーパーへ入っているということは、もう一人も近くにいる可能性が高い。

叶は周囲を見ながら、駅の近くで待っている久我の所へ急いだ。

「どうした？　あわてて」

「ゆうべの男」

「何だと？」

「たぶん、清川さんを撃ったの、あの連中よ。今、スーパーに一人はいた」

「仕返ししてやる！」

「だめよ！　こんなに人の多い所で。流れ弾でけがする人が出るかもしれない」

「まあ、そうだな」

と、久我は渋々肯《うなず》いた。「しかし、撃って来たら仕方ないぜ。お前、奴らの顔が分るんだな？」

「え？　久我さんだって見てるでしょ？」

「夜の病院の、それも外でチラッと見ただけだ。顔なんかよく分らなかった」

「あ、そうか。私、たぶん分る」

「頼りねえな」

「ともかく、見るからに観光客じゃないから。——駅へ捜しに来たのね。どこか、目につかない所に隠れましょう」

「だけど急行が着くまで十分しかないぜ」

「駅の出口を見てれば……。それとも……」

あの男たちは、母のことも知っているのだろうか？

もしそうなら、母も危ない。

「ね、久我さん。あなた、どこかに隠れて。私、お母さんがいるか捜すから」

「俺だけ隠れるのか？」

と、不服そうだ。

「目立つでしょ、でかいんだから！」

そう言われると久我もいやとは言えず、

「分った。あの売店のかげにいる」

「うん。列車が来たら、様子を見てて」

叶は結構人のいるホームへと足を進めた。髪はわざとさらにボサボサにかき回した。

この方が、少なくとも後ろから見たら叶と分らないだろう。

「間もなく列車が参ります」

というアナウンスが流れて、人が乗車口の前に並び始めた。

叶はホームに立っている駅名の立札の後ろに入って、様子を見た。

並ばない人間は目につく。

「来た……」

さっきスーパーで見た男が、ホームへ入って来て、列車の停る真中辺りで足を止めた。

もう一人が、改札口の方に立っているのが分った。

しかし――妙だな、と思った。

二人は明らかに列車が着くのを待っている。乗ろうとする人々にはさっぱり注意を払っていないのだ。

ということは、叶を捜しているのではない。

今やって来る列車に乗っている誰かを待っているのだ。

叶が注意して見ていると、二人の男は、どちらも用心深くしているようには見えない。やって来る誰かを襲おうとか、さらっていこうという風には見えないのだ。

では、男たちは誰を待っているのだろう？

列車がやって来るのが見えた。

「白線の内側までおさがり下さい……」

と、アナウンスが言った。

列車が入って来た。――叶は、男が待っているのがグリーン車の位置だと気付いた。

母はたぶん普通車で来るだろう。

列車がゆっくりと停って、扉が開く。

グリーン車から、家族連れや夫婦が降りて来た。そして——白っぽい上着の中年の紳士が一人、最後にホームへ降り立った。

待っていた男がすぐに歩み寄ると、深々と頭を下げた。

ホームは、降りて来た客で一杯になっていて、叶はその紳士が通り過ぎるのも人の間から見ているだけだった。

あれ、誰だろう？

その紳士の後ろ姿を見送っていると、ポンと肩を叩《たた》かれてびっくりした。

「お出迎え、ありがとう」

泉が立っていた。

「お母さん！　良かった！」

「ケータイにかけたけど、出ないから……」

「失《な》くしちゃったの」

「何だ、そうなの」

「それどころじゃないんだよ！　お母さん、こっち！」

叶は泉の手を引いて、人の間をかき分けて行った。

「どうしたの？」

「今、グリーン車から降りた人、知ってる？」

「誰のこと？」

「もう改札、出ちゃったか……。ね、今タクシーに乗ろうとしてる人！」

タクシーにあの紳士が先に乗り込むところだった。男たちの一人が次に乗り、もう一人は助手席に乗って、タクシーは走り出した。

「あの男たち、清川さんって刑事さんを撃ったんだと思う。ゆうべは私のこと捜しに病院に来た」

と、叶が言うと、泉は、

「あの人が？」

と、ひとり言のように言った。

「お母さん、知ってる人？」

「ええ」

と、泉は肯いて、「五月警視だわ」

「五月？」

叶は目を丸くして、「でも――清川さん、五月って人の命令で、丸山緑さんを守りに来てたのよ」

「確かにあの二人？」

「ゆうべ、私、撃たれるところだった」

「そう……」

泉は考え込みながら、「五月さんも変ったのかもしれないわね」

と言った。

ホームが空《す》き始めた。

「どこかに行きましょう」

と、泉が言った。「ここで立ってるわけにいかないわ」

「あ、連れがいるの」

「連れ？」

「後ろに」

泉が振り向くと、久我の巨体が立っている。

「こちらが、連れ？」

「久我さんっていうの。私のこと助けてくれて。――母です」

「久我と申します」

と、大きな体を二つに折って、「叶さんには、大変お世話になりまして」

「どうも……」

泉が呆気《あっけ》に取られている。

「話せば短くないの」

と、叶は言った。「どこへ行く？」

と言ってから、

「あ！　緑さん……。五月って人のこと、信用してる。今、たぶん警察に」

「警察にいるのなら、却《かえ》って大丈夫よ」

と、泉は言った。「朝食、食べそこなって。どこか近くで食べましょう」

さすがに、少々のことであわてたりしない。叶は母の度胸に感心した。


「ヤクザの組長？」

びっくりして、久我が訊《き》き返したが、何しろ体が大きいだけ、声も大きい。

土産物屋の二階にある食堂の客が一斉に久我の方を見た。

「ちょっと！　小さい声で」

と、叶はあわてて言った。

「すまん。つい……びっくりして」

「大したことじゃないんですよ」

と、泉が笑って、「ちっぽけな組でしたからね」

「しかし……組長とはね」

と、久我が首を振って、「やっぱりただ者じゃないわけだ」

と、叶を見た。

「私はただの女子高生」

と、叶は言い返して、「それにしても、よく食べるわね」

あの河井外科で朝食をとったというのに、久我は泉がカレーを頼むと、自分も注文したのである。

「うん」

と、久我は肯《うなず》いて、「食うと、どんどん傷が治ってく気がする」

「まさか」

泉は二人の話を聞いていて笑ってしまった。

「――いいお友達ができて良かったわね」

「お友達？　年齢、違い過ぎ」

と、叶はアッサリと言った。

「久我さんでしたね」

と、泉は言った。「清川刑事さんとどういうご縁で？」

「ある女の子を助けてくれたんです」

と、久我は言った。

「助けて……」

「いい子なんですが、悪い仲間がくっついていて、麻薬に手を出しましてね」

「まあ」

「中毒になったら、簡単にゃやめられない。俺はその子のために足を洗ったんです」

「足洗った？　でも、物騒なもの持ってるじゃない」

　と、叶が言った。

「クスリの世界から、ってことだ。兄貴分に当るのが取り仕切ってて、俺も使い走りや用心棒をしてた。だけど、その女の子のためにスッパリやめたんだ」

「偉いわ」

　と、泉は言った。

「どうも。——そのとき、清川に相談したんです。清川は若いけど、人のことを初めっから色メガネで見ない人でした」

「その女の子は？」

「今、施設にいます。完全には治ってないんですが、ずっと良くなって……」

「そんな彼女がいたんだ」

「そういうわけでも……」

　と、久我は少し照れた様子で、「実は妹なんだ」

「なあんだ。じゃ、今は久我さん……」

「清川と約束した。一年以内に足を洗うって。そこへ、清川が撃たれたって聞かされて」

　泉が肯いて、

「でも、五月警視がどう絡んでるのか……。叶、これからどうする？」

「そんな……。お母さん、決めてよ」

「大丈夫。あんたが決められるわよ」

「久我さん。清川さんのケータイ、見せてくれる？」

と、叶は思い出して言った。

「ああ」

久我がポケットからケータイを取り出す。

「――え？」

叶は目を丸くして、「これ、私のケータイじゃないの！」

「そうだったか？」

他のポケットからもう一つ取り出すと、「いやにあちこちに入ってると思った」

と、久我は平然と言って、

「カレー、もう一杯食おう」

と、ウエイトレスを呼んだ。

「呆《あき》れた」

と、叶は久我が二皿目のカレーを食べるのを眺めていたが、その間に、取り戻した自分のケータイを充電することができた。

「――え？　何だろ？」

メールが入っている。三年生の部長、川崎良美からだ。

「どうしたの?」

と、泉が訊いた。

「分んない。クラブの部長から。〈至急電話して〉って」

着信も三回あった。しかし、川崎良美から何の用だろう?

「ちょっとかけて来る」

叶は店の外へ出ると、良美のケータイへかけた。

「もしもし?」

「あ、星? 川崎良美よ」

「すみません、連絡もらってて。ケータイの電池切れてたんで。何ですか?」

叶が訊くと、少しの間、向こうは黙った。「——もしもし、部長?」

「ね、あんた、何をやらかしたの?」

「何を、って……」

「あんたのこと、捜してる人が私の所に来たわよ。怖そうなのが」

「部長の所に?」

「あんたがどこにいるか、って訊かれた。私は知らないって言ったけど」

「そうですか。すみません。色々ややこしいことがあって」

「でもね、電話したのは、そのことじゃないの」

「それじゃ——」

「あんたと仲のいい山中がね……」

「杏ですか？　杏に何か？」

「そいつらがね、私にケータイの写真を見せたの。山中が縛られて、どこかへ閉じこめられてた」

叶は青ざめた。――杏！

「それで、部長……」

「ともかく、あんたに連絡しろって言われたの。星叶が一人で山中を助けに来たら、山中は解放してやるって言われたわ」

「卑怯《ひきょう》だわ！」

と、叶は思わず言った。

「だけど、あんたのせいなのよ。山中に、もしものことがあったら――」

「分ってます。どこへ行けばいいんですか？」

「山中がいる所は教えてくれなかった。ともかく、あんたに連絡しろって。そして学校の部室へ来いと伝えろ、って」

「部室ですか」

「そこへ行けば、指示があるんだって。ね、あんたって何者なの？」

「私はただの高校生です」

と、叶は言った。「母が――」

と言いかけてやめると、

「分りました。でも今私、東京にいないので。急いで学校へ向かいますけど、時間がかかります」

「分った。じゃ、私、そいつらに言っとくわ」

「私が直接言います。電話番号、教えて下さい」

「待って。私から連絡するわ。そう言われてるから」

「そうですか……。杏は大丈夫でしょうか」

「助け出してやって。あんたの親友でしょう？」

「分ってます。必ず助けます」

叶は通話を切ると、急いで店内に戻った。

泉は叶をひと目見て、

「どうしたの、血相変えて？」

「お母さん」

叶は椅子にかけて、「私、急いで東京に戻らないと」

「どうして？」

「学校に行かなきゃなんない」

泉が首をかしげていると、久我が、

「宿題でも忘れてたのか？」

と訊《き》いた。

冗談のつもりじゃないらしい。

「友だちが捕まってるの」

「捕まってる？」

泉がびっくりして、「落ちついて。ちゃんと話して」

と、叶の手を取った。

「早く行かないと、杏が殺されちゃう」

「ね、深呼吸して。――そう。今すぐと言っても、列車がすぐあるわけじゃないわ」

「うん……」

叶も少し冷静になった。

部長の川崎良美の話を伝えると、泉は、

「部長って、あのとき小屋に泊ってた子ね？」

と訊いた。

「うん。三年生なんだ」

「そう。でも、あのときのあんたの話では、あんまり頼りになる人じゃないみたいだったでしょ」

「そうだけど……」

「捕まったっていうのは？」

「山中杏。私の一番の親友よ」

「そう……。心配なのは分るわ」

と、泉は肯《うなず》いた。「でも、念のために連絡してみたら？」

「誰に？」

「その杏って子に」

叶はちょっと目を見開いて泉を見ていた。

「お母さん。――部長が嘘ついてるって言うの？」

「つきたくてついてるんじゃないかもしれない。たとえば、その川崎って子も脅されてるのかもしれない」

「――そうか」

叶はケータイを取り出して、山中杏にかけてみた。

何度か呼出し音が聞こえたが……。

「――出ない」

と、叶が諦《あきら》めようとしたとき、

「もしもし、叶？」

と、喘《あえ》ぐような息づかいで、「来ちゃだめよ！」

「杏！　大丈夫？」

「私はいいから。――絶対に来ちゃいけない！」

切れた。――叶は唇をかんだ。

「お母さん、私……」

「分ったわ。友達のためなら仕方ないわね」

「私一人で来いって」

「でも……」

「杏に万一のことがあったら、自分を許せない」

と、叶はきっぱりと言った。

「一人じゃ無理よ」

「でも、一人でないと」

泉は苦笑して、

「頑固なところは、私に似たのね、きっと」

と言った。

星叶との電話を終えて、川崎良美は、

「どうでした？」

と言った。

「いや、上手だったよ」

と、劇団〈N〉の顧問、松原が微笑んで、

「君はきっといい女優になる」

「本当ですか？　やった！」

と、良美は多分に浮かれた様子で言った。

「でも、山中杏は本当にどうかなってるんですか？」

「なに、そんなことはない」

と、松原が笑って、「これはあくまで星親子をつり上げるための仕掛けだよ」

「そうですか。それなら……」

と、良美は言った。「あの星叶と、母親の星泉って、何をしたんですか？」

「それは大事な国家機密だ」

「国家機密？」

と、良美が目を丸くする。「そんな大そうなことなんですか」

「まあね」

「と、松原は肯いて、「君も、富山先生がおっしゃったように、すでに公の立場の一員だ。こういうことを決して口外してはならないよ」

「もちろんです！」

良美は思わず背筋を伸していた。

「いいかね。今後、星泉、星叶がどうなろうと、君は一切係《かかわ》り合っていない。そのつもりで」

「はい！」

敬礼でもしかねない良美だった。

「まあ、そう固くなることはない。――代田君」

「はい」

代田のぞみが部屋に入って来た。

「川崎良美君に、昼食を出してあげてくれ」

「かしこまりました」

「あの――」

と、良美が急いで言った。「ちょっとトイレをお借りしても？　緊張してたもので」

「ええ。この廊下の突き当りよ」

「すみません！」

良美が急いで出て行く。

――ふしぎな屋敷だった。良美は車で連れて来られたのだが、立派な門構えの大邸宅で、誰が住んでいるのか、およそ生活の匂いがしない。

松原も、ここに住んでいるわけではないようだった。

「わあ、凄《すご》い……」

思わず口をついて出てしまう、高級トイレ（？）である。

ともかく――良美は今まで縁のなかった世界に、自分が迎え入れられたのだと感じた。

それは何ともすてきな気分だった！

——一方、広い居間で、松原は代田のぞみに指示を与えていた。

「かしこまりました」

代田のぞみはすべて心得ている、という表情で、「あの川崎良美は、どこまで使えるでしょうか」

「そう長くは無理だな」

と、松原はアッサリと言った。「口外するな、と言っておいても、きっと何人かには、『誰にも言わないでね』と前置きして、話してしまうだろう」

「では——ここから帰さない方が？」

と、のぞみが訊《き》く。

「いや、まだだ」

と、松原は首を振って、「星叶が本当にやって来て、我々の手に落ちれば、もう用はない。しかし、相手は星泉の娘だ。何が起こるか分らん。そのときのために、あの川崎良美は取っておく」

「分りました」

「用が済めば、速やかに片付ける」

こともなげに言うと、松原はソファに身を委《ゆだ》ねて息をついた。「昼はせいぜい旨《うま》いものを食べさせてやれ」

「そうですね」

のぞみは微笑んだ。そして、ふっと、

「本当に来るでしょうか、星叶は」

「必ず来るさ。そこは星泉の娘だ。友情とか正義とかをまだ信じているからな」

良美が戻って来た。

「立派なトイレなんで、思わずていねいに手を洗っちゃいました」

「結構ね。行きましょうか」

と、代田のぞみが促した。

「はい！」

と答えたとき、良美のお腹がグーッと鳴った。

「いやだ！」

良美が真赤になる。

代田のぞみは、それを見て、ふと微妙な表情になった。

「恥ずかしい！」

と、良美は言った。「よくお腹鳴るんですよね、私」

「いいわよ」

と、のぞみは言った。「若いんだもの。さ、一緒に来て」

15　校　舎

電車がホームへ入る。

星泉は立ち上ると、

「降りましょう」

と言った。

「やだ、お母さん」

と、叶が言った。「華見岳女子高は次の駅よ」

「知ってるわ。だからここで降りるの」

「え？」

「次の駅は見張られてるかもしれないわ。そうでしょ」

「はあ……」

「なるほど」

と感心しているのは、結局東京へ一緒に出て来てしまった久我だった。「さすがは元組長」

「変な感心の仕方しないで」

三人は一つ手前の駅で降りると、改札口を出た。

「暑いな、東京は」

久我はもう汗をかいている。

「お母さん――」

「タクシーで学校の近くまで行きましょう」

「でも――私、一人で行くわ」

「分ってる。私たちは学校の外で待ってるから」

「タクシー代、ある？」

「それぐらい持ってるわよ」

「良かった！」

泉は苦笑して、

「これから親友のために命がけの闘いをするかもしれないっていうのに、タクシー代の心配？　領収証ももらっとく？」

「私は真面目なの！」

と、叶は言い返した……。

駅前にいた空車に乗り込むと、三人は叶の学校へと向かった。

駅一つ分なので、そう遠くはなかった。

「叶。——校舎の裏門は?」

「うん。私鉄の駅でそっちが近い子もいるから、よく出入りしてるよ」

「じゃ、裏門の方へ付けてもらって」

「分った」

叶はドライバーに、「そこ、左折して下さい。——次の角を右へ」

裏門より少し手前で、三人はタクシーを降りた。

「近くに車はいないわね」

と、泉は少し様子を見て、「じゃ、叶……」

「うん。行くわ」

裏門は夏休みのせいか閉っていたが、格子の間から手を入れると、カンヌキを簡単に外せた。

「叶。部室ってどの辺?」

「ええと……。そこの渡り廊下、見えるでしょ? あそこを行くと、右手の建物。いろんなクラブの部室がある」

「分った。用心してね」

「うん」

叶は足早に校舎の中へ入って行く。

「——いい度胸だ」

と、久我が感心したように、「とても十七の女の子と思えねえな」

「怖いもの知らずなのよ」

と、泉は言って、「でも——奇妙ね」

「何が？」

久我がキョトンとしている。

「叶をおびき出すにしても、どうしてわざわざこの学校に？　どこだって良かったでしょうに」

「そりゃあそうだな」

「この学校にしたわけが、きっとあるんだわ」

泉は腕組みをして、「向うの狙いは、私と叶。そして……」

叶は、廊下を歩いて行った。

怖い。——暑さのせいばかりでなく、汗が背中を伝い落ちて行った。

杏のため。そう、親友のためよ！

そう自分へ言い聞かせる。

杏を助けることだけを考えようとした。自分を何が待ち受けているかは分らない。

母が言っていた通り、向うの目的は、星泉と叶の親子を手に入れることだろう。

だから、叶としては母について来てほしくなかったのだ。でも、どう言ったところで、泉は当然一緒にやって来ただろう。

危険を承知でいる以上、泉も何か考えているはずだ。

「——ここだ」

〈演劇愛好会〉のパネルが掛かっている。

〈愛好会〉は〈同好会〉と同じで、正式なクラブではない。だから部室といっても、小さい部屋である。

ドアを開けようとして、ふとためらう。

何か仕掛けがしてあるとか？——ドアを開けたとたんに爆弾が——。

映画じゃあるまいし！

叶は大きく深呼吸すると、思い切ってドアを開けた。

中は——薄暗かった。もともと物置のような部屋で、窓がないのだ。

明りを点《つ》ける。

ムッとする熱気。そして埃《ほこり》っぽい空気。

床には埃が積もっているが、足跡がいくつか残っていた。——あの良美の言った、「指示」を、どこかに置いたのだろうか。

ガラクタが色々積んである。そして、雑然とした机の上に……。

「これ……」

置かれていたのは、幅の広いナイフだった。いわゆる「登山ナイフ」と呼ばれる、大型のナイフだ。

「まさか……」

そのナイフの刃は赤黒く汚れていた。これは血だろうか？

叶が手を伸すと、

「触っちゃだめ！」

と、声がした。

振り向くと、母、泉が立っていた。

「お母さん、このナイフに血が——」

「分ってるわ。あなたの指紋がつけば、あなたがやったことにされる」

「でも……」

「ちょっと」

と、久我がドカドカと入って来た。

「あなたも来たの？」

「相棒を放っちゃおけないだろ」

いつの間に「相棒」になったんだ？

久我は机の所へ来ると、

「うん、確かに血らしいな。でも乾き切ってる。大分前に付いた血だよ」

「もしかして、杏が……」

「そうと決ったわけじゃないわ」

と、泉は言った。「それより、指示ってあったの?」

ナイフの下に、折りたたんだ紙がある。

叶が取ろうとすると、

「俺が取る」

久我が指でその紙をつまむと、引張り出した。

「何か書いてある?」

と、泉が訊《き》いた。

叶は、久我の手もとを覗《のぞ》き込んだ。

「――地図だ」

と、久我は言った。「どの辺だ? 東京のことは分らねえ」

「見せて」

泉がそのメモを見た。――手描きの地図である。しかし、住所も町名一つ書かれていない。

「×印の所へ行けってこと?」

と、叶が言った。「でも、これじゃ……」

「待ちなさい」

泉はじっとその地図を見つめた。「これを描いた人間は、これで私たちには分ると思ってたのよ」

「でも……目印も何もないけど」

「そうね」

しかし、泉には何か頭の中で囁《ささや》くようなものがあった。この地図。どこかで見たことがある。一つだけ、建物の敷地の形が描かれていた。

この形……。どこかで……。

「お母さん……」

「叶。──地図、出せる?」

「うん。ナビがあるから。どの辺?」

「検索して。ドイツ大使館」

「ドイツ大使館?」

叶がケータイに地図を出した。「ドイツ大使館……。南麻布《みなみあざぶ》だね」

「見て。大使館の敷地の形」

叶は手描きの地図を見比べて、

「本当だ！　大使館の敷地と同じ形してる」

「やっぱり。──ここがドイツ大使館なら、×印の所まで辿《たど》って行けるわ」

「大使館からそう遠くないね。でも、そんな所に杏が?」

「分らないけど、ともかく行くしかないでしょう」

「うん」

三人は部室を出た。

「あれ?」

と、久我が足を止める。

「どうしたの?」

と、叶が訊く。

「誰かそこに……」

渡り廊下から外を覗くと――。

スーツ姿の男が二人、倒れていた。

「誰だろ?」

「さあ……」

泉は肩をすくめて、「ともかく、見たところ味方じゃないわね。放っときましょ。気絶してるだけよ」

学校を出ると、三人は表通りへ出て、バスに乗った。

「今は地下鉄で行くのが一番早いわ」

と、泉が言った。

「お母さん。――わけが分んない」

「私だってそうよ。でも、倒れてたのは、おそらく私たちを待ち構えてた連中。誰かが、二人を倒して、あの地図を置いた」

「じゃ、その人は味方?」

「そうね。ともかく、単純に敵か味方か決められないってこともあるわ」

と、泉は言った。「ただ……」

「ただ?」

「この地図の描き方……。どこかで見たことがある気がする」

「そうか……。ドイツ大使館だってことが分ると思ってたのね、その人は」

「それもふしぎね」

「あの――仁村さんって人が何か知ってんじゃないの?」

「あり得るわね。でも、できるだけあの人を巻き込みたくない。私たちでできることはやりましょう」

「分った」

叶は息をついて、「やっぱりお母さんって危ない人だな」

と言った。

「この辺よね、きっと」

叶はそう言って足を止めると、「くたびれた!」

「若いくせに何よ。しっかりしなさい」

と、泉が言ったが、汗を拭《ふ》くと、「暑いからね、ともかく」

もう日は落ちかかって、薄暗くなっていた。それでも真夏の都会の夜である。蒸し暑さはほとんど昼間と変らなかった。

ドイツ大使館を目印に探せば簡単に見付かるかと思ったのだが、そううまくはいかず、叶たちはもう三回もドイツ大使館の所に戻っていた。

「この分かれ道がどこのことなのか……」

泉は地図を見直して、「さっきはこっちへ行ったわね。今度はこの細い道へ入ってみましょ」

「でも、道の角度が少し違わない？」

「仕方ないわよ。手描きだもの。ともかく同じ道を何度も通ってもしょうがないでしょ」

三人は、ほとんど路地みたいな細い道に入って行ったが、少し行くと道は広くなり、商店や飲食店が並んだ通りに出た。

「何だか、これでいいような気がして来たわ」

泉は地図と周囲を見比べて、「ほら、こっちでしょ？　この角があって……」

叶は足を止めて、

「——ここ？」

「×印だと……ここみたいね」

「でも……ラーメン屋さんだよ」

中華料理とは書いてあるが、ラーメンや点心以外、大した料理はなさそうな、小さな店だった。

「でも、他にはそれらしい所って……」

泉は肩をすくめて、「ともかく、入ってみましょ。見当違いだったら、何か食べて行けばいいわ」

「そいつはいいな！」

と言ったのは、むろん久我だった。

ガラス戸を押して中へ入ると、冷房で涼しい。それだけでも三人はホッとした。

「いらっしゃいませ」

と、エプロンを着けた女の子がやって来る。

「三人ですけど」

と、泉が言うと、

「お二階へどうぞ」

「二階？」

思わず叶が訊き返したのは、一階のテーブルもまだ半分以上空いていたからだ。

「はい。お二階の方が落ちつきますから」

と言われて、

「じゃ、上りましょ」

泉は狭い階段を上って行った。叶と久我が続く。

久我の足下では階段がミシミシ音をたてた。

二階に上ったが、普通のドアが一つあるだけ。

「個室かしら」

泉がドアを開ける。

円形のテーブルが一つあるだけの部屋だった。

だが、先客があった。——窓辺に立って外を見ている男の後ろ姿が目に入る。

泉たちが入って行くと、その男が振り返った。

「あの……」

と言いかけて、泉が息を呑《の》んだ。

「——やあ」

と、その男が言った。

「あなた……。木崎さん！」

「泉。——分ってくれたか。こんなに老け込んだけど」

叶は、母がその男に駆け寄って、しっかりと抱きつくのを見た。

え？　木崎？　どこかで聞いた名だけど。

誰だっけ？

「え……。うそでしょ」

と、叶は言った。

泉は男にキスしていた。――じゃ、やっぱり？

「叶。――あなた、叶よ」

と、泉が振り向いて、「お父さんよ、叶」

叶は呆然《ぼうぜん》としていたが、

「――初めまして」

と、やっと言った。

「無事に会えて良かった」

髪がほとんど白くなったその男性は、叶の方へ歩み寄ると、「木崎徹だ」

と、叶の手を握った。

「どうも……」

叶は小さく会釈して、「母がお世話になりまして……」

と言った。

16　潜伏

「どうなっとるんだ！」

と、松原が怒鳴った。

松原の前に立っているのは、汚れた上着の二人。——あの校舎の外でのびていた男たちである。

「それがさっぱり……」

と、一人が首をひねって、「ともかく、星叶が一人で校舎の中へ入って行き、少しして、星泉らしい女と、変なでかい男が入って行きました……」

「でかい男？　何だ、それは？」

「分りません。見たことのない男で」

「それで、どうした？」

「男が一緒だったので、二人でどうしようかと話していると……。なあ」

と、もう一人の方を見る。

「はあ。いきなり背後からガツンとやられて……」

「誰がやったか、見なかったのか」

「振り向く間もなくて……」

「二人同時にやられたのか？」

「そうです。相手は一人じゃないと思います。しかも後ろからとは卑怯《ひきょう》です！」

「馬鹿！　ボクシングの試合じゃないんだぞ。いちいち挨拶《あいさつ》してから殴るか」

と、松原は不機嫌に腕組みして、「もういい！　役に立たん奴らだ」

「申し訳ありません」

二人がすごすごと部屋を出て行く。代田のぞみが、

「シャワーを浴びて行きなさい。その格好じゃ……」

と、声をかける。

「すみません、どうも」

と、一人が頭を下げて、「そういえば……」

「どうしたの？」

「いえ……。今思い出したんですが、殴られて気を失うまでの、ちょっとの間に、声が聞こえたようでした」

「どんな声だ？」

「それが……女の子の声みたいでした」

「女の子だと？　女子校にいて、妄想でもしとったんじゃないのか。もういいから行

け！」

「はあ、どうも……」

二人が出て行く。

「星泉も星叶も消えてしまいましたね」

と、代田のぞみが言った。

「当てが外れたな」

「もう一度、星叶に連絡しますか」

「向こうも用心しとるだろう。――あの川崎良美を使うか」

「あの子をですか。でも、何も事情を知りませんから……」

「知らなくていい。今度は本人が殺されそうだと訴えればいいんだ」

「演技させるんですか？　そこまではやれませんよ、あの子には」

「それなら、本当に殺すと脅してやればいい」

と、松原は言った。

「それはちょっと……可哀そうでは？」

松原はチラッとのぞみを見て、

「同情してるのか？　そんな気持は捨てろ。今は役目を果すことだけ考えろ」

と、厳しい口調で言った。

のぞみはちょっと目を伏せて、

「分りました」

と言った。「では、あの子を――」

「ああ。泣き出すくらいに脅してやれ。芝居はリアルでないとな」

と言って、松原は笑った。


「お母さん！」

と、叶は言った。「今は思い出話してるときじゃないわ」

「分ってる」

と、泉は肯《うなず》いて、「木崎さん、この子の親友が、誰かに捕まってるの。助け出さないと……」

木崎は、ちょっとふしぎな表情で叶を見ると、

「その子のことで、あの学校へ行ったんだね？」

と訊《き》いた。

「そうです。――あそこでのびてた二人って、杏をさらった奴らだったのかも……。ああ！　ぶん殴って訊き出してやれば良かった！」

叶は今になって気が付いた自分に腹を立てていた。

「木崎さん、何か心当りが……」

と、泉は言った。「というか、あのとき、ここの地図の前には何か置いてあったの？」

「何もない」

「何も？」

「例の二人が、君らを脅してどこかへ連れて行くことになっていたんだろう。逆らえば、その友達を殺すとでも言って」

「でも――」

と言いかけた叶に、

「今、『杏』と言ったね」

と、木崎は言った。「山中杏という子のことかね？」

「そうです！　知ってるんですか？」

木崎は少し間を置いて、

「その子のことなら、大丈夫だ。心配しなくていい」

と言った。

叶は面食らって、

「どういうことですか？」

「その子と話したのか」

「ええ。苦しそうでした。『絶対に来ちゃいけない』と訴えるように言って……」

木崎は久我の方へ、

「君はケータイを持ってるか？」

「ええ」

「叶君。彼のケータイで、山中杏へかけてみなさい」

「え？　でも……」

「何も言わないで。向うが出るかどうか、ともかくかけてみて」

「──分りました」

叶は久我のケータイを借りると、杏のケータイへかけた。何度か呼出し音がして、切れるのかと思っていると──。

「はい」

杏の声だ。しかし、さっきとは全く違って、いつもの普通の話し声で、

「もしもし？　どなた？」

こんなこと……。どうなってるの？

叶が話しかけようとしたとき、木崎が叶の手からケータイをバッと取り上げて切った。

「どういうこと……」

呆然《ぼうぜん》としている叶に、

「山中杏は君を監視していたんだ」

と、木崎は言った。

「杏が？　そんなわけない！」

叶はつい我を忘れて、食ってかかっていた。「あの子は一番の親友なの！　でたらめ

言わないで！」

「叶……」

「そんな……馬鹿な話……」

叶は、丸山がどうしてか杏のことを知っていたのを思い出した。叶はちょっとふしぎに思ったのだったが……。

「じゃあ、杏は……」

と、力なく椅子にかける。

「落ちついて、叶」

と、泉が叶の肩に手を置いた。「きっと何か事情があるのよ」

「お母さん……」

叶は首を振って、「どうして杏が……」

「――ここで食事しようじゃないか」

と、木崎が言った。

そんな気分じゃない！

叶としてはそう叫びたかった。でも――散々暑い中、歩き回って、やっとここに辿《たど》り着いたので、確かにお腹も空《す》いていた……。

「食べます」

と、叶は言った。「その代り、何がどうなってるのか、説明して」

「何度も呼び出して悪いわね」

と、代田のぞみは言った。

「いいえ」

川崎良美はすこぶる上機嫌だった。

何しろ最高級のフレンチレストランのランチをごちそうになって、帰宅したのだ。

何度だって出かけるわ！

そう言いたかった。

大きな外車が静かに走り出す。

「今度はどこへ？」

と、良美は訊いた。

「そう遠くないわ」

と、のぞみは言った。「可愛い服ね」

「そうですか？　ありがとうございます！」

良美はシートにゆったりと座って、「凄《すご》い車ですね」

「そうね。なかなか普通の人は乗れないわ」

「そうですよね」

「何か特別の用があるときしかね」

「特別な用。——私に、ですか」

「そう。ちょっと大変かもしれないけど……」

「大変？」

「その内、分るわ」

のぞみが、わざと目をそらして窓の外を眺めているのを見て、良美は初めて少し不安になった。

でも——私は松原さんや富山佑一郎に気に入られているんだ。

そう。あの人たちの役に立つのなら、少々大変なことでも、頑張らないと！

良美は張り切っていた。

車は三十分ほど走って、ガタンと大きく揺れた。

乗り心地の良さに、いつしかウトウトしていた良美は目を覚まして、欠伸《あくび》すると、

「着いたんですか？」

車はスピードを落として、なんだかいやに暗い所へ入って行った。

まあ、もう夜になっているから暗いのは当然として、どこか建物の中らしいが、明り
が見えない。

「どこですか、ここ？」

「使わなくなった工場の跡」

と、のぞみが言った。「さ、降りて」

車を降りると、良美は呆気《あっけ》に取られて、何もないガランとした空間を見回した。

工場だった建物は外側だけが残っていて、中は空っぽだった。

車のライトが点《つ》いているので、辺りの様子は分ったが、ここで一体何をするんだろう？

車から男が二人、降りて来た。

運転していた男と助手席に乗っていた男で、二人とも良美の知らない顔だった。ただ、何となく危ない感じがして、良美は後ずさると、

「あの――ちょっとトイレに行きたいんですけど……」

「二、三キロ行かないとないぜ」

と、男の一人が言った。「しばらく我慢するんだな」

「あの……私、何だかよく分らないんですけど……」

良美はのぞみの方を向いて、「のぞみさん！　これって――」

言い終るより早く、良美は両手をつかまれ、上から下っていた鎖でグルグルと縛られてしまった。

「何するの？　助けて、のぞみさん！」

鎖がぐいと上に引かれて、良美は伸び上った格好になった。鎖が手首に食い込む。

「痛い！　お願い、やめて！」

早くも良美は涙が出て来た。何しろ、痛いこと、怖いことは大の苦手だ。

「のぞみさん！──どうして？」

のぞみは腕組みして、じっとその光景を眺めているだけだった。

「それにしたって」

と、お腹が落ちつくと、泉がまず口を開いた。「連絡ぐらい、してくれたって良かったじゃないの！」

「すまん」

と、木崎は言った。「僕だって、何度君の声を聞きたいと思ったか……。しかし、君は会社を辞めていたろう」

「それは……この子を産むためにね。それに向こうは私の勤め先も知ってたし」

と、泉は言った。「仁村さんには感謝してるわ。ずっとこの子のためにお金を送り続けてくれてた」

「連絡のしようがなかったんだ。でも──まさか十八年もたってしまうとは」

木崎の説明は、兄の仁村から聞いたのと同じだった。

「僕は中東に納めたプラントが事故を起こしたら大変なことになる、ということを、ともかく訴えたかった。しかし、敵もしつこく追って来た。暴力を平気で使う奴らだ。知人宅に匿《かくま》ってもらうのも危険だった。僕だけでなく、知人やその家族にも危険が及ぶ可能性があった」

「それで？」

「スイスも安全ではなかった。――方々転々としながら、月日が過ぎて行った」

と、木崎は言った。「君のことは、むろんずっと気にしていた。でも連絡を取ったら、却《かえ》って君に危険が及ぶかもしれないとも思ったしね」

木崎は食事を続けながら、

「問題を抱えた中東のプラントを、どうしても見ておきたくなって、中東へ行ったんだよ」

と言った。「そこでも待ち伏せされて、危うく撃たれるところだった」

「無事で良かった！」

と、泉がため息をつく。

「ところが、あまり良くもなかったんだ」

と、木崎は続けた。「その化学プラントのある国は――具体的な国名は知らない方がいいかもしれないけど――軍事政権がすべてを握っている独裁国家だった。それだけ、日本の企業としてはやりやすかったかもしれないがね」

「でも入国できたんでしょ？」

「ああ。しかし、僕は技術屋だ。あの国の政治情勢なんか、すっかり忘れていた。問題のプラントまで行って、ともかくまだ無事に動いているのを見て安心した。今の内に、危険な部分から部品を換えて行けば、何とかなるかもしれない、と思った。――もちろん、裏で金が動いたことの責任は別だが、事故が起きずにすんでほしかった」

「それで？」

「ところが、あのプラントは、国の重要施設だ。兵士が監視していて、僕はアッという間に捕まってしまった」

と、木崎は言った。「しかし、僕は大して心配していなかった。あそこを作った技術者の一人だと説明して、来た理由を話せば分ってくれる。そう思っていた」

「でも、そうはいかなかったのね」

「そうなんだ。――僕は兵士たちに、プラントの責任者に会わせてくれと何度も頼んだ。何時間もかかったが、ともかくそこの所長に会えたので、僕はすべてを話して、事故が起こる前に、何とかしないと大変なことになると言った」

泉がちょっと眉《まゆ》をひそめて、

「それって、まずかったんじゃない？」

「君もそう思うか。ところが僕は至って楽観してた」

と、木崎は苦笑した。「その日はプラント内の倉庫に閉じこめられた。所長は『上の者と相談してくる』と言っていた。――話を分ってくれれば、すぐに出られると思っていたんだ」

「でも……」

「翌日、所長が戻って来た。僕に食事を出してくれて、『一緒に政府の人間に会いに行こう』と言った。僕は喜んで、一緒に車で町へ出かけた。ところが、その町の警察に着くと、僕はいきなり手錠をかけられ、警察の車に乗せられた。目かくしされて、どこへ行くのかも言われず……。目かくしを取られたときは、刑務所の中だった」

「刑務所？」

「考えてみれば、日本から渡った金は、当然政府の要人の懐へ入っただろう。それを告発しようとする僕を放っとくわけがない」

「じゃ……そのまま刑務所に？」

「うん。ああいう国だ。裁判も何もない。独房へ入れられて、愕然《がくぜん》としたよ」

「それで？」

「消されてしまうかと思って、何日も眠れなかった。しかし、どうも様子が違う。拷問をされたり、暴力をふるわれたりもしなかった。その内、僕は呼び出されて、小さな部屋で、あのプラントを稼働させている技術者に引き合わされた。何人か来ていたが、その内の一人は、工事のときに会ったことのある人間で、彼の話で、大体のことがつかめた」

「どういうことだったの？」

「つまり、金が動いたことを公にはできない。しかし、僕の話は本当だろう。それなら、プラントが大事故を起こすこともあり得る。そうなったら、所長を始め、スタッフも、政府から責任を取らされるだろう。下手をすれば銃殺刑だ。そこで、所長たちは僕を刑務所へ入れて、プラントに何かあったとき、どうすればいいか聞き出そうとしたんだ」

「調子がいいのね」

「ちょうどそのとき、プラントの一部でバルブの不具合があって、困っていたそうだ。僕は、どの部品を何と交換すればいいか、指示してやった。それで何とか事故になる前に手を打つことができたんだ」

「ひと安心ね。それで、釈放してくれたの？」

「いいや、そううまくは行かなかった」

「じゃあ……どうしたの？」

木崎は、しばらく話を止めて食事を続けた。泉は戸惑ったが、自分も食べる方に専念して……。

当然、久我は食べ続けていた。そして叶はといえば――。

杏のことで気は重かったが、父親の話には聞き入っていた。

そして、泉が不審な様子でいるのを見ると、

「そういうことだよ、お母さん」

「そういうこと？」

「だって、分るじゃない。向こうにとっちゃ、木崎さんは絶対に必要だったんだから」

「それはそうだけど……」

と言いかけて、泉は、「――まさか！」

と、思わず声を上げた。

「でも、そうなんだよね、お父さん」

と、叶が言った。「お父さんはずーっと刑務所にいたんだね」

「そういうことだ」

と、木崎が肯《うなず》く。

泉は唖然《あぜん》として、

「だって……十八年も？」

「正確には十七年くらいだな」

「何てこと！」

「もちろん、色々考えたよ。外部に連絡させてくれなかったら、プラントの危ない部分がどこか教えないぞ、と強気に出ようとかね。しかし、何しろライフルや機関銃の銃口がいつも目の前にある。下手すれば殺されるかもしれない、と思うと……。それに、やっぱり僕は技術者だ。プラントが大事故を起こせば、そこで働く人だけでなく、近くの町の住人も大勢死ぬだろう。そう思うと……」

「それにしたって……」

「ほとんどひと月置きに、プラントには不具合が起きた。実際にプラントを見なくちゃ分らないことも、もちろんあったから、刑務所を出たわけだ。でも、そういうときは十人近い兵士がついて来て、銃を手に見張ってる。とても逃げ出せるもんじゃなかった」

「それで、プラントは無事なの？」

「今のところはね。──その代り、僕を狙っていた連中からは逃れられた。まさか、僕が刑務所に入ってるとは思ってもみなかっただろうからね」

「それはそうね」

「中の待遇も悪くなかった。独房といっても、広い普通の部屋に入れられて、食事もまずまずだった。運動もさせてくれた。TVもあったから、世界のニュースは見ていた。ただ、パソコンとかケータイとか、外部と連絡できるものは、いくら頼んでもだめだった」

「でも……結局、出て来たのね」

「それには偶然の出来事があってね」

と、木崎は言った。「例によって、プラントの一部でトラブルがあって、僕は出かけて行った。修理して、コントロールルームに戻ったとき、プラントの中の別の場所で火事が起こったんだ。まあ、大した火事じゃなくて、ぼやというところだが、煙が派手に出て、コントロールルームの方へも流れて来た。僕は思い付いて、『急いで全員避難しないと、プラントが爆発する！』と叫んだ。──同時に、〈非常警報〉のスイッチを押した。中は大混乱になり、僕は車へ向かったが、その途中、逃げようとする労働者たちとぶつかってしまった。それで、その中へ紛れ込んで、トラックに乗り、プラントから脱出したんだ」

「撃たれなくて良かったわね！」

「全くね。しかし、もちろん連中が必死で僕を捜しているのは分っていた。それに日本領事館などへ行くわけにもいかない。僕を狙ってる連中に居場所を教えるようなものだからね」

「じゃ、どうしたの？」

「ともかく必死で裏ルートを辿《たど》り、国境を越えるのに成功した……」

木崎はゆっくり水を飲むと、「そして、もう一つ——君と会うのはもちろんだが、そのせいで君が危ない目にあわないように用心しなきゃいけない」

「それで——」

「待ってくれ。もう一つ、大事な理由があるんだ。僕が何とかして、あの刑務所から脱出しなきゃいけないと思ったわけが」

「何なの、それ？」

「独房でTVを見ているとき、知っている顔が出て来たんだ。驚いたよ。例のプラントを受注するために、先方へ金を渡したが、その仲介役をした男だった。仲介したことで、その金の三割を懐に入れたと言われていた」

「誰なの？」

「有賀雄太郎《ゆうたろう》」

「聞いたことある」

と、叶は言って、「——もしかして、総理大臣？」

17 要求

「よく生きてたわね」

しばらくして、泉が言った。

「僕もそう思うよ」

と、木崎が肯く。

「呑気《のんき》なこと言ってる」

と、叶が笑った。

「お前の方がよっぽど呑気だ」

と、久我が言った。「な、相棒」

「どこが相棒よ」

と、叶が顔をしかめたとき、ケータイが鳴った。「――あ、部長だ」

「川崎さんって子？　用心して。お母さんが出ようか？」

叶はちょっと迷ったが、

「いいよ。やっぱり私の問題だから」

と、ケータイに出た。「もしもし、星叶ですが」

何も聞こえない。叶は、

「もしもし?」

とくり返して、「──何だろ?」

「外へ聞かせて。何か聞こえてるみたい」

外部スピーカーに切り換えると、何かグスグスとハナをすすっているような音がする。

「花粉症じゃねえのか」

と、久我が言った。「俺も季節によっちゃひでえんだ」

「川崎さん? 聞こえます?」

と、叶が呼びかけると、

「助けて……」

と、かすれた声がした。

「部長?」

「殺される……。お願い! 助けに来て!」

涙声で言うと、甲高い悲鳴を上げる。

「どうしたんですか!」

すると、男の声が、

「お前の部長さんはな、工場の廃屋で鎖でぶら下げられてるよ。可哀そうに」

「何ですって？」

「一時間以内に来なかったら、こいつの手足をへし折ってやるぜ。十分に一本。まず手にするか足にするか」

川崎良美がワーッと泣き出すのが聞こえて来た。

「やめて！　部長に何の罪があるの？」

「お前とお袋が素直にやって来りゃ、こいつは放してやるよ。もっとも、裸じゃ帰れねえかもしれねえがな」

「──待ちなさい」

と、泉が言った。「星泉よ。どこなの、そこは？」

「N埠頭《ふとう》の東の端だ」

「分った。一時間以内に行くから、その子に手を出さないで」

「よし。待ってるぜ」

切れた。──久我が、

「今のだって、芝居かもしれねえぜ」

と言った。

泉が叶を見て、

「どう思う？」

叶は首を振って、

「部長に、あんな芝居はできないよ」

と言った。「あの男たち、本気だね」

「しかし――」

と、木崎が言った。「君らが行けば、捕まるか殺されるかだろう」

「だからって――」

「もちろん、その子は救いたい」

と、木崎はしっかりした口調で、「しかし、君らは若い。それに、元はといえば僕のせいで、こんなことになったんだ」

「木崎さん、あなたは……」

「僕は、今の有賀首相が金を受け取ったときの会話の録音を持っている。何億という金を仲介手数料として受け取ったことを、はっきり言っている」

「それを公表するつもり?」

「何としてもね」

と、木崎は肯《うなず》いた。「一国の首相にふさわしい人物じゃないということを、示してやらなくちゃ。それだけじゃない」

「他にも?」

「例のプラントの部品を、危険を承知で安物と交換した会社のやり方を、有賀は知っていて認めた。当時、有賀は担当大臣だったからね」

「ひどい奴……」

「もし大事故が起きたら、それは日本の責任になる。個人としての責任を、はっきりさせておかなくては」

「あなたが日本に入国したと連中に分ったのね。それで、私や叶に監視がついた」

「そうなんだ。君らの命を危険にさらせない」

「でも、どうすれば……」

と、叶は言った。

「僕が代りにその子を救いに行く」

と、木崎は言った。「君らは、有賀のしたことを、世間に知らせてくれ」

「木崎さん。あなた、死ぬつもり？　せっかく助かったのに！」

「僕はもう五十八だ。君らよりずっと長く生きて来た。君らの方が生き延びるべきだよ。そうだろ？」

「私だって四十五よ。大して違わないわ」

「俺は三十五」

と、久我が言った。

「こんなことしてられない！」

と、叶は言った。「どんどん時間はたってくわ。一時間って言われたじゃない！」

「叶。——私は木崎さんの妻よ。一緒に行く。あなたは——」

「やなこった！」

と、叶は舌を出した。「死ぬなら一緒！」

「お前……」

久我が目をみはって、「さすがに俺の相棒だ」

「相棒じゃないってば！」

「叶君。大丈夫。向こうの言ってたN埠頭までは、ここから車で二十分もあれば行ける」

と、木崎は言った。「それより、どうしても死ななきゃいけないわけじゃない。誰も死なずに、その子を助ける工夫を考えよう」

「そんなこと、できる？」

「今、思ったんだが、叶君の相棒……。久我君といったか」

「俺が何か？」

「向うは久我君のことを全く知らない。そこをうまく利用できないか」

「あ、そうか。でも……」

叶は久我を見て、「あんた、死ぬかも」

「いいさ。どうせお前のおかげで助かったんだ」

久我はアッサリ言って、「撃たれるのが痛いって経験もしたしな」

「やっぱり、あんた、相棒よ！」

　と、叶は久我の手を握った……。

「大丈夫？」

　代田のぞみは、鎖を外されて座り込んでいる川崎良美へ言った。

「手首が……痛い……」

　と、良美はグスグス泣いている。

　鎖で吊《つ》り下げられていたので、手首の皮がむけて血が出ている。

「ごめんなさいね」

　と、のぞみは言った。「こんなことになるとは思ってなかったのよ」

「どうしてこんな……」

　良美は、まるでわけが分っていない。

「あなたは利用されただけなの。星叶さんと母親の星泉をおびき寄せるためにね」

「じゃあ……あの富山さんの話も、全部でたらめ？」

「そうね。——あなたたなら、おだてればすぐ信用すると思って」

「そんな……」

　良美はグスンとすすり上げて、「私、そりゃあ馬鹿だけど……」

　男たちは工場の表へ出て行った。のぞみは自分の判断で良美を下ろしたのである。

「さ、これ」

と、のぞみがティッシュペーパーを渡すと、良美はハナをかんで、

「じゃあ……星叶はどうなるの？」

「ここへやって来るでしょう。あなたを助けにね」

「私を？　でも、あの子、私のことなんか何とも思ってない」

「いいえ、きっと来るわ。見捨ててはおかないわよ」

良美は小さく肯いて、

「そうね。あの子はそういうところがある……」

「これには色々ややこしいことが絡んでるの」

と、のぞみは言った。「私も、好きでこんなことしてるわけじゃないんだけど……」

「――そうか」

足音と声で、のぞみはハッと振り向いた。

「松原さん……」

「そんな奴に同情するようでは、もうお前は役に立たんな」

さっきの男の一人が戻って来ていた。松原はその男の方へ、

「おい、こいつを片付けろ」

と言った。

「はあ」

男は拳銃《けんじゅう》を抜くと、「一人ですか？　それとも二人とも？」

「どうせ生かしといても同じだ。二人ともだ」

のぞみは良美を背後にかばって、

「こんな若い子を殺すんですか!」

と言った。「いくら何でもひど過ぎます」

「私がひどい人間だってことぐらい、初めから分ってただろう」

と、松原は言った。「やれ」

銃弾が、のぞみの腹に当った。良美が悲鳴を上げる。

すると――のぞみがいきなりパッと立ち上って、自分を撃った男へと飛びかかったのである。男もびっくりして、棒立ちになっていた。

「早く逃げて!」

と、のぞみは良美へ叫んだ。「逃げるのよ!」

よろけながらではあったが、良美は立ち上ると、工場の出口へと走り出した。

もう一度銃声がすると、松原の脚に弾丸が当った。

「痛《いて》え! 何するんだ!」

松原が呻《うめ》いて引っくり返る。

「すんません! この女が――」

のぞみが笑って、

「痛いでしょ? 自分も経験してみることよ――」

プツッと言葉が途切れると、のぞみはその場に崩れるように倒れた。

「おい！　何を突っ立ってるんだ！　医者だ！」

と、松原が喚《わめ》いた。「出血してる！　こんなに血が出てるんだぞ！」

「分りました！　じゃ……救急車、呼びますか？」

「こんな死体のある所にか？」

さすがにまずいと思ったのか、「俺をおぶって行け！」

「え……」

「でなきゃ誰か呼べ！」

「はい！」

と、男があわてて駆け出す。

「待て！　俺を置いてく奴があるか！」

と、松原は怒鳴ったが、その声は届かなかった……。

「ひどいよ……。こんなのって……」

良美は、外へ出ると、ヨロヨロと歩き出した。

外は暗いので、誰かいても分らない。

中の銃声で、外に待機していた男も、どうしていいか分らずにいた。ちょうどそこを良美は通過してしまったのだった。

どっちへ行けばいいのか分らなかったが、良美はともかく道があったので、そこをフラフラしながら走っていた。

「もう……いやだ」

こんなひどい夏休みって……。

すると、目の前に車のライトが現われた。カーブを曲って来たのだ。

良美が足を止めて立ちすくんでいると、車は急ブレーキで停止した。

「危ねえだろ！」

と、運転席から怒鳴られたが――。

「部長！」

車から降りて来たのは、星叶だった。

「星……。来たの」

と言うなり、良美は座り込んでしまった。

「大丈夫ですか？」

「ごめん……。私、すっかり騙《だま》されてて……」

と、またグスグス泣き出す。

「どこにいたんですか？」

「工場の――」

と言いかけて、良美はハッとすると、「追いかけて来る！　きっと、追いかけて来るわ」

泉が降りて来ると、

「早く車に」

と、良美を抱えるようにして立たせ、車に乗せた。

「木崎さん、車をどこか道の脇へ入れられない？」

「分った」

木崎が車を傍の茂みの中へバリバリと強引に突っ込んだ。

「明りを消して。――静かに」

やがて、車が一台やって来た。

そして、叶たちの車には目もくれずに走って行った。

「追って来たって感じじゃなかったわね」

と、泉が言った。

「けがしたんだ」

と、良美が言った。「松原って男が。それで……」

「詳しく話して。ね？」

泉がしっかり肩を抱くと、良美はやっと泣きやんで、口を開いた……。

18 清算

「どうして、もっと早く知らせんのだ！」

と、不機嫌な声を出したのは、富山佑一郎——劇作家・演出家で、かつ有賀雄太郎首相のブレーンの一人である。

「すみません」

車の後部座席に、富山と並んで座っているのは、脚を撃たれた松原を二人で抱え出した内の一人。

「しかも、代田のぞみを殺した？　何てことをする！　首相の秘書だった女だぞ」

「松原さんのご指示で……」

「だからといって、人一人、簡単に殺して、後がどんなに面倒か、分っとるのか」

と、富山は言った。「松原も松原だ。たったお前ら二人で星親子を捕まえるつもりだったのか」

「たかが女二人だと……」

「あげくに自分が脚を撃たれて大騒ぎしおって！　情ない」

「ですが……撃たれると痛いと思います」

「当り前だ。──ともかく、その工場跡へ行って、代田のぞみの死体を片付けなくては」

車は夜道を急いでいた。

「松原さんは大丈夫でしょうか」

と、男が訊《き》いた。

「脚を撃たれたぐらいで死ぬもんか」

と、富山は冷ややかに、「しかも、大学病院へかつぎ込んだから大変だったぞ。銃で撃たれたとなれば警察へ連絡が行く」

「ですが、ご本人が『いい病院へ運べ』とおっしゃって……」

何とか手を回してもみ消そうとしているが、無理なら松原を切るしかない。──富山はそう思っていた。

富山のケータイが鳴った。

「──はい。──これは総理！」

富山の声がガラッと変った。「──はあ、今、星親子については、近々手に入れられる見通しが──」

「見通しとは何だ！」

と、怒鳴る声。「ちゃんと手に入れろ！」

「分っております」

「で、木崎徹の方は？」

「どうも、もう星泉たちと会っているようです。ですからうまくすれば一緒に……」

「頼むぞ。木崎は、かなりやけになっている。捨て身で、何をするか分らん」

「承知しています」

「頼むぞ」

と、有賀はくり返した……。

「——あと少しです」

と、運転していた男が言った。

代田のぞみを撃った男である。

「すぐ死体を運び出す。そして始末するんだ、いいな」

「大きなビニール袋を持って来ています」

「全く、どうして私がこんなことに……」

車が暗い道へ入って行くと、

「あそこに見える廃工場です」

「よし、車をつけろ」

車が工場の入口へと寄せて停る。

「死体はどこだ？」

「真中辺りです」

「よし、急いで運び出すんだ」

一人がライトを手に、工場へ入って行く。もう一人と、富山も続いた。

仕方ない。死体を運ぶのに二人必要だし、他にライトを持っている人間がいる。

「あれです」

ライトの中に、うずくまるように倒れている代田のぞみが見えた。富山はさすがに顔をしかめて、

「ライトは私が持つ。二人でかつぎ出せ」

と言った。

二人の男が歩み寄って、死体へ手をかけようとした。そのとき、工場の中にパッといくつもの明りが点《つ》いて、昼間のように明るくなった。

「手を上げろ！」

と、声がした。「警察だ！」

まぶしいライトを正面から浴びて、男たちは焦った。拳銃《けんじゅう》を抜いていたのだ。

「やめろ！」

と、富山が叫んだ。

だが――次の瞬間、他にも次々にライトが点いた。

工場の中に、いくつものTV局のカメラが潜んでいたのだ。

「今、犯人らしい男たちが明るい光の中、立ちすくんでいます!」

と、生中継している者までいる。

「ふざけるな!」

一人が発砲してしまった。

「よせ! 撃つな!」

と、富山は怒鳴った。

そして、ライトの方へ向かって、

「私は首相のブレーンの富山――」

だが、富山の言葉など、もう誰も聞いていなかった。そして、一旦《いったん》引いた引金は止らなかった。

男たちが銃を乱射すると、警官たちも一斉に発砲した。

キャーッ! ワーッ!

報道陣から悲鳴が上ったのだ。

「逃げろ!」

と叫んだのが誰だったのか。

銃弾は二人の男と――富山にも集中したのだった。

「本当なのか、富山さんが死んだというのは」

車の中で、五月のケータイを持つ手に汗がにじんでいた。

「——本当です」

沈んだ声が答えた。「残念です」

「ニュースでは、警察が射殺したと言ってるが……」

「事実です」

事情を聞いて、五月は嘆息した。

「何とかごまかせなかったのか。富山さんもその男たちに脅されていた、とか」

「それが——TV局が現場に居合せまして」

「どうしてだ？」

「先にTV局へ通報があったんです。死体があって、そこへ犯人がやって来る、と」

「警察へは？」

「TV局から知らせたようです。しかし、警察が現場へ到着したときには、もう報道陣が待っていて……。中には生中継していた局もあり、富山さんが男たちに指図していたことは否定できなくなりました」

「何てことだ……。総理は？」

「一切ノーコメントで」

「仕方あるまいな。——分った」

五月はケータイをポケットへ入れた。

星泉だ。他に考えられない。

仕方ない。何とか、事が有賀首相にまで及ばないようにするのだ。

気の毒だが、富山佑一郎が黒幕で、首相は全く知らなかった。それで通すしかあるまい……。

車がマンションの前で停った。

「ご苦労」

と、五月は言って車を降りた。

ロビーへ入ろうとして、五月はマンションを見上げた。足を止めると、ケータイを取り出す。

——五月が部屋へ戻ったのは、十分後だった。

「お帰りなさい」

居間の明りを点けると、星泉がソファに座っていた。

「どうやって入った？」

「段ボール箱に入って。宅配便の荷物のようなふりをしてね」

と、泉は言った。

「とんでもないことをしたな」

五月はネクタイを外すと、「富山さんは総理のブレーンだ」

「だからって、人を殺していいわけじゃないでしょう」

「代田とかいう女のことか。松原が殺させたんだろう。たいした女じゃない」

「人一人の命に変りはないわ」

と、泉は言った。「松原って人も、大学病院で報道陣に取り囲まれてる」

五月は泉をじっと見ながら、ソファに身を委《ゆだ》ねた。

「変ったのね、あなたは」

と、泉は言った。

「任務に忠実なだけだ」

「その任務が間違っていても？」

「それが役人というものだ」

「違うわ。警察は一部の特権のある人のためにあってはいけないでしょう」

「相変らずだ」

と、五月は微笑んだ。「君は昔と少しも変ってない。それはそれで立派だが、大人が生きて行くには、それだけじゃ不充分だ」

「うまく生きて行こうとは思わないわ」

「しかし、現に君は追われている」

「自分で選んだのよ。あなたのように、上からの命令でこうしてるわけじゃない」

「なあ……。もう少し利口になれ。まだ君は若いんだ。死に急ぐことはない」

「もっと若くて死んだ人もいるわ」

と、居間へ入って来たのは叶だった。「丸山君を殺したのね！」

「叶。——出ないでと言ったでしょ」

五月は叶を見て、

「大きくなったな。お母さんとよく似てる」

と言った。「しかし、泉君。この子にまで一生逃げ回るような人生を送らせたいのかね？」

「逃げないわ」

と、泉は言った。

「そうか。しかし、このマンションは取り囲まれているよ。表から見て、明りが消えていたんでね。今は用心のために、昼間でも明りを点けて出かけるようにしている」

そこへ、玄関の方から居間へ入って来たのは——。

「木崎……」

と、五月が言った。「そうか。親子三人で仲良く逮捕されるといい」

「まだ捕まるわけにいかない」

と、木崎は言った。「首相の犯罪を暴くまではね」

「君に何ができる」

と、五月は笑って、「相手は国家だ。たとえ有賀首相の過去を告発しても、当人はあくまで否定する。マスコミが一時騒いでも、すぐに忘れるさ。現代の人間は忙しいんだ」

「やってみるさ」

と、木崎は言った。「泉君。外の廊下に警官がいる」

「大丈夫。チェーンがかけてあるから、すぐには入れない」

と、泉は言った。

そして、泉は拳銃《けんじゅう》を取り出した。五月が青ざめる。

「撃つのか？」

「いいえ。でも……」

泉が二回引金を引いた。シャンデリアと花びんが砕けた。玄関の方でチェーンがガシャガシャと音をたてる。

泉はケータイを取り出して、

「――もしもし。いいわよ」

すべての明りが消えた。泉がライトで五月を照らすと、

「立って。――玄関の方へ行って」

「泉……」

「あなたが銃を持ってないことは、廊下にいる人たちも知ってるでしょう。今の銃声で、あなたが撃たれたと思う。暗い中、出て行ったら、当然、犯人が出て来たと思うでしょうね」

「そうかしら？　あなたが自分で思ってるほど有名かどうか、試してみる？」

「分った。――しかし、僕のことを撃ったりしないさ。みんな僕の顔はよく知ってる」

泉は銃口を向けて促した。

「行くのよ」

「馬鹿なことを！」

泉は玄関のドアチェーンをそっと外すと、

「さあ、出て行って」

と促した。

五月はちょっと強がって胸を張り、

「いいとも！」

と、ドアのノブをつかんで、「おい！　撃つなよ！　五月だ！」

と、ドアを開けた。

銃声が廊下に響いた。


久我が車を停めた。

「――凄《すご》いぜ」

夜の道は静かだった。

しかし、TV局の正面玄関へ入る門の前には、パトカーや機動隊の車がズラリと並んでいた。

「こんな車じゃ、とても強行突破はできねえな」

と、久我は言った。「どうする？」

「裏口も同じね、きっと」

と、泉が言った。

五月が脚を撃たれて、混乱する中、泉たちは非常階段から下りて、待っていた久我の車に乗ったのである。

そして、TV局へ向かった。

木崎の旧知のニュースキャスターが、木崎の告発を番組で取り上げてくれると言って来たのだ。

しかし、当然官邸の指示で、泉たちが局へ入れないようにしている。

「とても無理だわ」

と、泉は言った。「映像か声だけ送ったら？」

「いや、出演して直接話さなくては」

と、木崎は言った。「せっかくの機会だ。これを逃したら……」

「でも、とても入れない」

「なあに」

と、久我が言った。「門からでなきゃ入れないってことはないさ」

「え？」

「柵《さく》はあるけど、乗り越えられるだろ」

「目立って、すぐ捕まるわ」

と、叶が言った。

「他で騒いで、そっちへ気を取られてる間に入ればいい」

「でも――どうやって？」

「俺に任せろ。相棒」

と、久我は言った。

門の位置から見えない辺りで車を降りると、木崎と泉、叶の三人は鉄柵の下へと近付いた。

奥に玄関が明るく見えているが、もちろん武装した警官が立っている。

久我が車を出した。

「どうするつもりなんだ？」

と、木崎が言った。

「分んないけど……。騒ぐの好きかも」

と、叶は言った。

「でも、騒ぐだけじゃ、この警戒は――」

と、泉が言いかけたときだった。

車のクラクションが派手に鳴り渡った。

「久我さんだわ」

車はTV局の門の前で急ハンドルを切ると、一旦《いったん》門からどんどん遠ざかり、それからタイヤをきしませてUターンした。

そして、再び、けたたましいクラクションの音とともに、門に向かって突進した。

「あ……」

叶が目をみはった。――車が視界から消えて、次の瞬間、激突する音がした。

そして、炎が上った。

「あいつ……」

叶は啞然《あぜん》として、「本当に？」

「今だ」

と、木崎が言った。「玄関の警官たちが門の方へ行った」

「乗り越えて！　早く！」

結局、一番身軽な叶が先に柵を越え、木崎と泉を柵越しに支えて、三人とも何とか中へ入った。

玄関へ駆けて行くと、スーッ姿の男性が出て来た。

「木崎！　よく入れたな」

「大丈夫か」

「用意はできてる。生中継だ。止められないよ」

TV局のロビーを駆け抜けて行くと、スタッフが待っていた。

「あと二分です！」

「分った。木崎――」

「いつでも大丈夫だ」

スタジオの中へ入って行くと、

「今はCMだ。――木崎、あそこへ座ってくれ」

「待って」

泉が駆け寄ると、木崎の白い髪の乱れを直してやった。「――うん、いい男よ」

叶は微笑んだ。

そのとき――。

「中止だ！」

と、声が響いた。「やめないと、ただじゃすまないぞ！」

スタジオへ二人の男が入って来た。拳銃を手にしている。

「こんな所で撃つ気か！　警官でもないのに」

「こいつがどうなってもいいのか」

一人の男が、腕の中に押えつけているのは――。

「緑さん！」

丸山緑の額に銃口が押し当てられていた。

「こいつを殺すぞ！　それでもいいのか」

と、男は言った。

「あと一分です」

というADの声が、妙にのんびりして聞こえた。

「あの男たち、清川刑事を撃とうとした連中だわ」

と、叶は言った。「五月の命令？」

「番組を中止しろ！」

と、男が怒鳴った。

「叶さん……。私はいいから……」

と、緑が言った。

「三十秒です……」

そのとき、突然男たちを背後からパイプ椅子で殴りつけたのは――若い女の子だった。

さらに居合せたスタッフが一斉に、男たちを押えつける。

「緑さん！　もう大丈夫！」

と、叶は抱き起こした。

そして、叶は目を丸くした。男たちに飛びかかった二人の女の子は……。

「あんたたち……。どういうこと？」

一年生の後輩、森田アンナと池上小夜だったのである。

「アンナ……。沖縄じゃなかったの？　小夜はワークショップって……」

「すみません、先輩」

と、アンナが言った。「私たち、仁村さんに頼まれて、先輩を守るように言われてたんです」

「仁村さんに？」

「兄さんが……」

と、木崎が言った。「そうか」

「始まります！」

と、ADの声がした。

木崎が急いでカメラの前の席へ座る。

「警官がこっちへ来ますよ」

と、アンナが言った。「妨害しようとするでしょう」

「何とか私が食い止めるわ」

と、叶が言った。

「じゃ、泉さん。これ、私たちからのプレゼントです」

と、小夜が重い布の包みを渡した。「こんなこともあろうかと思って」

「え？」

「なじみがあるでしょ？」

泉は包みを開いて——黒光りする機関銃を取り出した。

「お母さん……」

「これで、時間を稼ぎましょ」

泉と叶はスタジオから廊下へ出た。

「逮捕する！」

と、警官たちがバタバタと走って来たが、泉が機関銃を構えているのを見て、あわてて、

「おい！　伏せろ！」

泉が引金を引く。弾丸が天井の照明をバラバラに砕いて、破片が降り注いだ。

「隠れろ！」

「逃げろ！」

と、警官たちは思いもよらない反撃にあわてふためいている。

「叶。——撃ってみる？」

「うん！」

叶は機関銃を母から受け取った。——重い！

「人を撃たないで」

「分ってる。——ワッ！」

引金を引いたとたん、叶はよろけて、銃口はどこへ向くか分らない。

廊下の片側の大きいガラスの壁が、粉々になって崩れ落ちた。

あのガラス、高そう……。叶は、そう思いつつも、引金を引き続け、壁や天井に穴をあけて行った……。


叶は、そっと病室のドアを開けた。

奥の方のベッドを覗《のぞ》くと、ガーッという派手ないびきが聞こえて来て、叶はふき出しそうになった。

そっと近付くと、いびきをかいている久我の鼻を指でつまんだ。

「──苦しい！」

と、目を開けて、「何だ……お前か」

「どう、相棒？」

全身の骨折十数か所、火傷《やけど》もあったが、ぶつかったとき、窓から外へ投げ出されたので、却《かえ》って助かったのだ。

「退屈で死にそうだ」

「死なないよ。あんな無茶して死ななかったんだから」

と、叶は言って、椅子にかけると、「──お菓子、持って来たよ」

「酒でも持って来い」

「けが人が何言ってんの」

と、叶は言った。

久我は欠伸《あくび》をして、

「清川刑事はどうだい」

「もうすぐ退院できそうだよ。久我さんのこと、心配してた。五月の命令で働いてたけど、疑いだして、消されそうになったんだね。でも助かって良かった」

「そうだな」

久我は肯《うなず》いて、「暇なんで、TVばっかり見てる。あの首相、本当に辞めそうだな」

「お父さんの係《かかわ》ったプラントが事故起こしたの。けが人が出て、日本側の責任だってことで……。お金受け取ったことだけだったら、うまく逃げられてたかも」

「お袋さんはどうした」

「色々無茶やったからね。私は未成年だからともかく……。でも今は保釈で出てるよ。その内ここにも来るでしょ」

――叶は母から聞いた。かつて、泉は五月の恋人だったことがあった。

それは、五月がまだ正義感を持っていたころだろうが、一方で、「叶の安全のため」でもあっただろう。

泉が、ずっと叶とも離れて暮していたのは、叶を危険な目にあわせたくなかったからだ。

父、木崎は中東のプラントへと飛んだ。事故の収束と、その後の修理を頼まれている。

また当分帰って来ないかもしれない。――まさか十七年も、ってことはないだろうが。

叶は、学校生活に戻っている。

山中杏が、丸山の「仕事」を手伝っていたことを知った。丸山の死が叶のせいと思って恨んでいたのだ。

でも、すべては終って、杏は叶に謝罪した。叶は何も言わずに杏を抱きしめた。

川崎良美は部長をやめると言ったが、みんなが引き止めた。――三年生になれば、叶が部長になる。それまでは良美で充分だ。

叶と泉の冒険は、広く知られることはない。

機関銃を撃ちまくったというのも、今や伝説のようになって、果して本当だったのか、叶自身も首をかしげるくらいだ。

「――また来るね」

と、叶は立ち上って言った。「もうすぐテストだから、終ってからね。何か持って来てほしいもの、ある？」

「ああ」

「何？　フルーツ？　ゲーム？」

「お前の成績表、持って来い」

叶は、久我の骨折をもう一か所、ふやしてやろうかと思った……。

解説

山《やま》前《まえ》譲《ゆずる》

私立・華見岳女子高校の〈演劇愛好会〉の五人が、なんと山の中で道に迷ってしまいます。部長の川崎良美《かわさきよしみ》、副部長の山中杏《やまなかあん》、二年生の星叶《ほしかなえ》、一年生の森田《もりた》アンナと池上小《いけがみさ》夜《よ》——夏休みの合宿の帰り道、駅までハイキングするつもりだったのに、今や周囲は一面、笹の葉の海が広がるばかりなのです。

日が暮れてきました。もう前を行く人の姿も見失いそうです。その時なんと、人家の明りが見えたのです。それは山小屋と呼ぶのもためらわれるような、あばら家でした。そして五人を迎えてくれたのは魔女……ではなくて、ボサボサ髪の女性です。こころよく一晩泊めてもらえることになりましたが、なんと彼女は——。

こうして幕を開ける『セーラー服と機関銃3　疾走』は待望の人気シリーズの第三弾、しかも文庫オリジナルでの登場です。

赤川《あかがわ》作品は厖大《ぼうだい》な数となっていますから、読者それぞれに思い入れの強い作品があることでしょう。デビュー作「幽霊列車」から現在まで書き継がれている永井夕子《ながいゆうこ》や、すでに五十冊を超えた三毛猫ホームズの活躍といったシリーズものの一方に、フランス・

ミステリー風のサスペンス『マリオネットの罠《わな》』やファンタジックな『ふたり』のようなシリーズ外の作品もあります。

そのヴァラエティ豊かな作品世界に、ベストワンどころか、ベストテンを選ぶことさえ困難かもしれませんが、なかでも『セーラー服と機関銃』はとりわけファンの支持を集めている作品ではないでしょうか。一九七八年十二月、赤川さんの七冊目の著書として書き下ろし刊行された長編でした。その際、以下のような「著者のことば」が寄せられていました。

ミステリーに「大人の童話」という一面があることは、従来日本では忘れられがちであった。「肩の凝る」ミステリーの合間の息抜きに、と書き下ろしたのが、この冒険物語である。

ここでは十七歳の少女がヤクザの女親分になり、殺人事件に巻き込まれ、悪漢につかまって殺されかけ、機関銃を撃ちまくる。

ミステリーはリアリティが第一と信じる方は首をひねるかもしれないが、それは可《か》憐《れん》な女性、必ずしも弱々しくはないという「現実」をご存じないからである。

ミステリー界に颯爽《さっそう》と登場した新鋭の清新な、そして自信に満ちた創作姿勢がうかがえます。たしかに主人公である高校二年生の星泉《ほしいずみ》はじつに凜々《りり》しく、赤川作品の主人公として今もって特筆される存在感があります。

一九八七年七月には、シリーズ第二作として、やはり星泉を主人公にした『セーラー服と機関銃・その後―卒業―』が書き下ろし刊行されました。そしてなんと三十年近い時を隔てて、この『セーラー服と機関銃3　疾走』なのです。「待望の」にはなんの誇張もありません。

本書を手にした皆さんは、きっと前二作はお読みのことでしょう。本書が独立したストーリーであるのは間違いないのですが、これまでの流れを頭に入れておいたほうがより楽しめるはずです。でも、ずいぶん昔のことだから、すっかりストーリーを忘れてしまった。そんな読者のために、ここで前二作のあらすじを……。

いや、百聞は一読にしかず、でしょう。父の死から始まって、十七歳の星泉がとんでもない事件に巻き込まれていく『セーラー服と機関銃』も、卒業間近の十八歳の星泉が、強引な地上げに苦しむ町を救う『セーラー服と機関銃・その後―卒業―』も、きっと楽しく読めるはずです。既読の方には言わずもがなですが。困った人がいたら放ってはおけない彼女の姿は今も、いや、今だからこそ魅力的です。

また、今ではまったく違和感を抱くことのない、〈セーラー服〉と〈機関銃〉がコラボレーションされたタイトルは、シリーズ第一作が刊行された一九七八年当時、じつに斬新《ざんしん》でした。そして、ユニークなタイトルが多くなった昨今のミステリー界においても、やはり斬新ではないでしょうか。

なぜ、〈学生服〉と〈機関銃〉でもなく、〈セーラー服〉と〈バズーカ砲〉でもなかったのかは分かりませんが、じつは赤川さん自身、このタイトルを思いついた時には、ストーリー全体が見えていたわけではなかったそうです。

一九七六年、「幽霊列車」でデビューした頃の赤川さんはサラリーマンでしたが、『三毛猫ホームズの推理』がベストセラーとなったこともあって、一九七八年秋にいよいよ作家専業となります。

『セーラー服と機関銃』は作家専業となって最初に書かれた作品でした。その意味でもじつに記念すべき作品なのですが、じつはタイトルが先行していたのです。ただただ、作者はこんなふうに思いついただけなのです。どこかでセーラー服の少女に機関銃を撃たせてみよう……。思いもよらない組み合わせが、作者の脳細胞を刺激したのです。赤川作品のタイトルのユニークなことは、今さら指摘するまでもありません。

また、創作の裏話を語ったエッセイ『ぼくのミステリ作法』のなかには、こういった記述があります。

僕は映画好きなので、大体頭の中で、書こうとする話を「映画化」しています。映画は、背景から天候、服装、総《すべ》てが具体的に見えてしまいますから、まず映画にしてから文に書くという習慣を作っておくと、割合にイメージのはっきりした場面が書けるように思います。

たしかにセーラー服の女子高生が機関銃を撃ちまくる姿は、とてもインパクトがあって絵になります。そして実際、一九八一年十二月に、薬師丸ひろ子さん主演による映画が公開されるのです。配給収入は二十三億円、一九八二年度の邦画ランキングではぶっちぎりのトップでした。機関銃を撃ち終わったあとの「カ・イ・カ・ン」というフレーズは、今ならきっと流行語大賞に選出されたに違いありません。

薬師丸さんのデビュー曲となった主題歌も、オリジナルコンフィデンスのチャートで一位となりました。たとえ原作を知らなくても、「セーラー服と機関銃」というフレーズは人々の記憶にしっかり刻まれたことでしょう。

もちろん小説の『セーラー服と機関銃』は大ベストセラーとなり、作家赤川次郎の代表作となりました。ですから読者は、シリーズとして次々と新しい作品が刊行されるのを期待したことでしょう。ただ、〈セーラー服〉の少女に〈機関銃〉を持たせるのは、やはりなかなか大変なことでした。第二作が書かれるまでにもずいぶん時間を必要としましたが、シリーズ第三作は第二作からなんと三十年近く経っての刊行となってしまったのです。

どうやら『セーラー服と機関銃3　疾走』の作中でも、前作からそれくらいの時間が経ったようです。女子高生が携帯電話やメールで連絡を取り合っているからです。そうだとしたら、あの星泉は？　前二作であまりにも鮮烈な印象を残している泉です。彼女が登場しないシリーズなんて、まるで○○の入っていない××のようなものだ……これはちょっと（かなり？）古いギャグでしたが、それほど圧倒的な存在感のあった星泉です。

安心してください。もちろん星泉も登場します。はたして高校を卒業してから、彼女はどんな人生を歩んだのでしょうか。新たに起こる事件と同じくらい、興味の尽きないところではないでしょうか。そして、どこで機関銃が火を噴くのかも——。

この『セーラー服と機関銃3　疾走』は二〇一五年四月から二〇一六年一月まで「小説　野性時代」に連載されました。二〇一六年は赤川さんにとってデビュー四十周年の年です。そして三月には、橋本環奈《はしもとかんな》さん主演で映画『セーラー服と機関銃―卒業―』が公開されます。そんな記念すべき年にシリーズ第三作が！　心ゆくまで楽しんで下さい。

「小説　野性時代」二〇一五年四月号～二〇一六年一月号
※文庫化にあたって、改稿をほどこしました。

セーラー服《ふく》と機関銃《きかんじゅう》3　疾走《しっそう》

赤川次郎《あかがわじろう》

平成28年 1月25日　初版発行
令和6年 4月30日　4版発行

発行者●山下直久

発行●株式会社KADOKAWA
〒102-8177　東京都千代田区富士見2-13-3
電話　0570-002-301(ナビダイヤル)

角川文庫 19550

印刷所●株式会社KADOKAWA
製本所●株式会社KADOKAWA

表紙画●和田三造

ISBN978-4-04-103455-2　C0193

角川文庫発刊に際して

角川源義

第二次世界大戦の敗北は、軍事力の敗北であった以上に、私たちの若い文化力の敗退であった。私たちの文化が戦争に対して如何に無力であり、単なるあだ花に過ぎなかったかを、私たちは身を以て体験し痛感した。西洋近代文化の摂取にとって、明治以後八十年の歳月は決して短かすぎたとは言えない。にもかかわらず、近代文化の伝統を確立し、自由な批判と柔軟な良識に富む文化層として自らを形成することに私たちは失敗して来た。そしてこれは、各層への文化の普及滲透を任務とする出版人の責任でもあった。

一九四五年以来、私たちは再び振出しに戻り、第一歩から踏み出すことを余儀なくされた。これは大きな不幸ではあるが、反面、これまでの混沌・未熟・歪曲の中にあった我が国の文化に秩序と確たる基礎を齎らすためには絶好の機会でもある。角川書店は、このような祖国の文化的危機にあたり、微力をも顧みず再建の礎石たるべき抱負と決意とをもって出発したが、ここに創立以来の念願を果すべく角川文庫を発刊する。これまで刊行されたあらゆる全集叢書文庫類の長所と短所とを検討し、古今東西の不朽の典籍を、良心的編集のもとに、廉価に、そして書架にふさわしい美本として、多くのひとびとに提供しようとする。しかし私たちは徒らに百科全書的な知識のジレッタントを作ることを目的とせず、あくまで祖国の文化に秩序と再建への道を示し、この文庫を角川書店の栄ある事業として、今後永久に継続発展せしめ、学芸と教養との殿堂として大成せんことを期したい。多くの読書子の愛情ある忠言と支持とによって、この希望と抱負とを完遂せしめられんことを願う。

一九四九年五月三日